DÍAS DUROS

Reuben Cole Westerns Libro No. 3

STUART G. YATES

Traducido por

JOSÉ GREGORIO VÁSQUEZ SALAZAR

Publicado en 2021 por Next Chapter

Arte de la portada por CoverMint

Textura de la contratapa por David M. Schrader, utilizada bajo licencia de Shutterstock.com

Para Janice

Y para mi amigo Norm, el cual perdí hace mucho tiempo, que era tan fan de los westerns. Donde sea que estés, este es para ti.

CAPÍTULO UNO

APACHES

Los trajeron, cuatro hombres, atados, con la cabeza gacha mientras atravesaban las puertas del fuerte. Apaches. Ninguno se volvió y reaccionó a los muchos comentarios irrisorios y las burlas de los civiles que hacían fila para verlos. Algunos de los soldados de caballería que formaban el destacamento de prisioneros se rieron. Cole lanzó una mirada aguda al oficial a cargo. "¡Mande a callar a sus hombres, teniente!"

El joven se volvió, avergonzado, y gritó órdenes a sus hombres. Insatisfechos, los soldados gradualmente se quedaron en silencio, pero sus miradas mordaces continuaron.

Cabalgando junto a Cole, el joven soldado de aspecto variopinto que había salido a las llanuras para rastrear a los indios, se inclinó más cerca. "Señor Cole, no estoy seguro de que debamos enemistarnos con alguno de mis compañeros soldados. Si insinuamos alguna simpatía por estos salvajes de aquí, es probable que más adelante me enfrente a algunos malos sentimientos en el barracón".

"¿Simpatía?" Los ojos de Cole se oscurecieron. "Estos muchachos fueron arrancados de sus hogares y obligados a marchar a través de cien millas de matorrales hasta una reserva que no se parece a nada que hayan conocido. No los culpo por estallar. Pero disparar a los guardias, estuvo mal".

"Y es por eso que los van a colgar".

"Creo que sí, si se puede probar".

"Lo que seguramente será, seguramente".

"A menos que el odio y la sospecha se interpongan en el camino. Tenemos que estar seguros porque si no lo estamos, podría haber problemas. Todavía hay bandas errantes de Kiowas y Comanches y odio pensar en lo que podrían hacer si actuamos demasiado apresuradamente. Además", Cole se giró en su silla y miró a los tres apaches que caminaban descalzos por el suelo, "no los atrapamos a todos. Hay al menos dos más por ahí fuera".

"¿Incluyendo a su líder quizás?"

Gruñendo, Cole estudió al joven soldado. "Lo hiciste bien ahí fuera, hijo. Estoy impresionado. ¿Cómo dijiste que te llamabas?"

"Vance", y le hizo un saludo involuntario. "No llevo mucho tiempo en uniforme, señor Cole. Todavía estoy aprendiendo en el trabajo, por así decirlo".

"Bueno, veo que aprendiste mucho estos últimos días, eso es seguro. La próxima vez que nos llamen para localizar a alguien, preguntaré por ti".

Vance, con el rostro enrojecido, apartó rápidamente la mirada, pero no pudo reprimir una sonrisa. "Vaya, eso es un elogio de verdad. Gracias, señor Cole".

"Pareces educado, hijo. Me pregunto por qué un joven educado querría buscar una vida en la Caballería de los Estados Unidos, especialmente aquí en esta tierra olvidada por Dios".

"Por muchas razones".

"Bueno, no te presionaré, pero te agradezco que lo hayas hecho, sean cuales sean las razones". Sonrió antes de alejar a su caballo, haciendo un gesto a los otros soldados que flanqueaban a los Apaches capturados. "Llévenlos a los muchachos de la cárcel y asegúrense de que estén bien atados".

"Ellos no van a ir a ninguna parte", dijo un cabo de aspecto rudo, riendo.

"Aun así, no se arriesguen con muchachos como estos".

Mientras los indios pasaban arrastrando los pies, el guerrero líder se detuvo y miró a Cole. "Tú eres el que llaman El Que Viene. Ser capturado por ti es un honor". Dirigió su atención a los otros soldados. Pero les digo esto. No nos someteremos, y haremos caer sufrimiento sobre ustedes". Volvió a mirar a Cole. "Incluso sobre ti, El Que Viene".

Con los labios apretados, Cole observó cómo los Apaches de aspecto escuálido eran empujados hacia la pequeña prisión del fortín.

"¿Qué quiso decir con eso?" preguntó Vance, frotándose la barbilla, una palidez mortal cayendo sobre su rostro.

"No lo sé, pero ve a decirle a ese teniente que duplique los guardias esta noche, Vance. Sólo para estar en el lado seguro".

Vance le ofrendó un saludo militar, se bajó de la silla, estiró la espalda y cruzó el patio de armas hacia la multitud de espectadores que se dispersaba lentamente. Después de escuchar lo que Vance tenía que decir, el teniente lanzó una mirada feroz hacia Cole, quien asintió una vez antes de darse la vuelta, su malestar crecía.

CAPÍTULO DOS

Julia

Esa noche, ella hizo estofado y albóndigas, amontonando el plato de Sterling Roose hasta que casi se desbordó. Cole, sentado frente a su buen amigo, se rio. "¿Crees que puedes bajar todo eso, Sterling?"

"Creo que sí", dijo Roose, de aspecto enjuto, mientras atacaba el estofado con entusiasmo.

"Vaya", dijo Julia, "me parece que no has comido en algún tiempo, Sterling. Necesitas alimentarte".

Riendo entre bocados, Roose alcanzó el plato cercano de panecillos y partió uno por la mitad. "Supongo que podrías decirlo", dijo, luego sumergió el pan en la salsa y lo sorbió.

"Sterling ha estado ayudando al viejo sheriff Perdew en Paraíso", dijo Cole, sus ojos brillando con picardía.

"¿En serio?" Julia preguntó y se sentó, secándose la comisura de la boca con una servilleta. "¿No te alimenta demasiado bien?"

"Normalmente patatas y salsa".

"¿Para cada comida?"

Roose asintió sin levantar la vista. "Cada comida".

"Sterling tiene su corazón puesto en ser un oficial de la ley", dijo Cole, la mayor parte de su atención en el trozo de carne que estaba cortando.

"¿No eres feliz en el ejército, Sterling?"

"Algo", dijo Roose. "Pero ya no es lo que solía ser".

"¿Es así?", Dijo Cole arrastrando las palabras.

"Sabes que no lo es".

Levantó la cara y por un momento los dos amigos se miraron el uno al otro.

"¿De qué estás hablando?" Julia, notando la atmósfera cargada, miró de uno a otro. "Cole, ¿qué quiere decir Sterling?"

Roose habló primero. "Las llanuras del sur están casi domesticadas ahora. Dentro de un año, tal vez dos como máximo, incluso los Comanches estarán en una reserva, pero hay rumores de disturbios en el norte".

"¿Qué tipo de disturbios?"

"Sioux y Cheyenne", dijo Cole, finalmente victorioso sobre la carne. Se metió un gran trozo en la boca y lo masticó con algo de esfuerzo. "Las grandes tribus de las llanuras. Ya casi han tenido suficiente".

"¿Pero qué tiene eso que ver con nosotros aquí en estos lugares?"

"No mucho." El rostro de Cole se levantó y captó la fría mirada de Roose. "Quizás".

Moviéndose inquieta en su silla, la voz de Julia se quebró un poco cuando dijo: "Me estás asustando".

"No, no", dijo Roose rápidamente, extendiendo la mano para darle una palmadita en el antebrazo. "No hay necesidad de asustarse. Podría simplemente... Extenderse, eso es todo, así que tenemos que estar preparados".

"No es que vaya a suceder", dijo Cole, con los ojos fijos en la forma en que los dedos de Roose agarraron el brazo de Julia.

Durante el resto de la comida comieron en silencio, los únicos sonidos de cubertería contra vajilla, gemidos satisfechos y chasquidos de labios. Cuando terminó, Julia recogió los platos vacíos y los llevó a la pequeña cocina antes de regresar con una jarra de piedra. Sirvió cerveza espumosa en vasos desconchados antes de sentarse y mirar a los dos hombres mientras bebían.

"Entonces, dímelo", dijo. Esos Apaches que trajiste... ¿Serán colgados?

"Es casi seguro", dijo Roose, limpiándose la boca y recostándose en su silla de respaldo duro. Detrás de él, el fuego crepitaba y escupía, los troncos apilados emitían un calor intenso pero reconfortante. "Creo que es lo que ellos llaman *un caso abierto y cerrado* debido a los sobrevivientes que darán testimonio".

"Me sorprende que a estos salvajes se les dé una audiencia justa".

"Esa es la ley", intervino Cole. Tomó un respiro profundo. "Al menos por aquí".

"Eso depende de ti", dijo Roose, su voz plana. Miró en su cerveza.

"No solo yo", dijo Cole, moviéndose incómodo en su propia silla.

Julia frunció el ceño y miró de uno a otro. ¿Qué quiere decir él, Reuben? ¿Depende de ti? ¿Depende de ti de qué manera?

"Él mismo no lo dirá", intervino Roose rápidamente, "pero el querido y viejo Reuben le escribió al presidente Grant rogándole que le asegurara que a los indios se les permitiría el debido proceso".

"¿Le escribió al presidente?" Julia se echó hacia atrás, asombrada.

Cole se encogió de hombros, "No fue nada", dijo con voz tranquila y avergonzada.

"¿Y qué dijo el Presidente? ¿Respondió él?

"No a mí directamente, pero el fuerte recibió una comunicación, sugiriendo que procedieran con precaución. Los problemas se están gestando en el norte y el gobierno está ansioso de que no se extiendan".

"Eso sucederá", dijo Roose, apurando su taza, "sin importar cómo lidiemos aquí con las incursiones y cosas por el estilo".

"¿Incursiones? Sterling, esta es su tierra. Han vivido aquí durante miles de años. Nosotros simplemente llegamos, atacamos y tomamos lo que queríamos".

"Yo no", dijo Roose, con la mandíbula enrojecida. "Nunca publiqué ningún reclamo por oro o cualquier otra cosa".

"¡No me refiero a ti personalmente, Sterling! Sabes que eso no fue lo que quise decir".

"Aun así, el oro es una gran tentación, y los indios no lo utilizan, así que ¿cuál es el problema?" Sacó una pequeña bolsa de lona y se puso a liar un cigarrillo.

"Ooh, espera un momento", dijo Julia y se levantó de un salto para cruzar hacia el pequeño tocador colocado contra la pared junto a la puerta. Regresó con un pequeño cofre de madera, lo abrió y sacó dos puros negros delgados. "Los compré en la tienda. Pensé que te gustaría uno. Se lo entregó a Roose, quien lo miró con los ojos muy abiertos.

"Ella no es más que hospitalaria", dijo Cole, tomando el puro que Julia le ofreció y girándolo bajo sus narices. "Eso huele muy bien, Julia".

"Pensé en desecharlos, pero ya que estás de vuelta sano y salvo..."

Habiendo encendido su cigarro, Roose se inclinó y, ahuecando sus manos para proteger la llama de la cerilla de una brisa inexistente, también encendió la de Cole. "Parece que hace eso con cierta regularidad".

"Bueno", extendió la mano y apretó el brazo de Cole, "es bueno tenerte aquí. Hay mucho trabajo por hacer y a esos caballos les vendría bien una carrera".

"Me ocuparé de eso en la mañana". Él captó su mirada y se rio entre dientes, "¡Está bien, nos ocuparemos de eso en la mañana!"

Todos rieron y Julia pareció un poco aliviada. "Haré café".

Al verla salir de la habitación, Roose sonrió mientras fumaba. "Ella es hermosa".

"Sí que lo es".

"Y sin embargo..." Se inclinó más cerca, bajando la voz. "Si puedo decirlo, viejo amigo, no pareces... Demasiado establecido".

"Eso es porque no lo estoy".

Roose frunció el ceño. "Pero yo pensé..."

"Nunca fue mi intención tener una relación, Sterling. Ni la de ella, supongo".

"Creo que te equivocas, Cole. Ella es leal, cariñosa. Incluso devota, se podría decir".

"Mi único pensamiento era protegerla hasta el momento en que se sintiera capaz de seguir adelante".

"¿Me estás tomando el pelo? Nunca encontrarás a otra como ella".

"Podrías tener razón, pero nunca podría pedirle a nadie que comparta mi vida en este momento, no como están las cosas. Sabes lo peligroso que es ahí fuera".

"Sí, pero... Si ella está dispuesta a correr el riesgo, a estar contigo, para asegurarse de que no hagas nada demasiado estúpido, ¿por qué no te permites...?"

Se detuvo abruptamente cuando el sonido de caballos que se acercaban desde más allá de la puerta principal se escuchó claramente.

Cole rápidamente sacó la pistola de su funda que colgaba del respaldo de su silla justo cuando Julia entraba apresurada, con el rostro pálido. "¿Qué sucede?"

"No lo sé", dijo Cole mientras Roose sacaba el rifle de repetición Henry de los ganchos sobre la puerta. "Apaga las luces".

Ella lo hizo, moviéndose primero hacia la gran lámpara de aceite en la parte superior del tocador. Seguidamente la que estaba en el centro de la mesa, el único resplandor que quedaba era el que provenía de la cocina.

La oscuridad se filtró sobre ellos y Cole se acercó a la ventana cerrada junto a la puerta y subió la barra de madera. Miró dentro de la noche.

Una voz gritó: "¿Señor Cole? Soy yo, Hyrum Vance. Tenemos un problema en el fuerte, señor".

Cole dejó escapar el aliento largo y lento. "Muy bien, gracias".

Se dio la vuelta y si no fuera por la oscuridad, estaba seguro de que vería a Julia retorciéndose las manos, mirándolo con furia.

CAPÍTULO TRES

Escapada Apache

En el viaje de regreso al fuerte, Vance describió lo que había sucedido.

"Parece que los que no encontramos volvieron, treparon las paredes y entraron a la cárcel". El viento azotaba contra ellos, obligándolos a inclinarse sobre el cuello de sus caballos. Vance estaba gritando para hacerse oír, pero Cole logró captar la esencia de la historia. Dos guardias habían sido derribados, pero no muertos, un punto que no había perdido el explorador del ejército. Aun así, cuando llegaron al patio de armas, el capitán Fleming estaba esperando, con cara de trueno. No había tenido tiempo de vestirse correctamente y parecía algo cómico con calzoncillos largos, botas de montar y sombrero. Detrás de él, tendidos frente a la cárcel, dos soldados estaban siendo atendidos por un subalterno que les limpiaba las cabezas ensangrentadas.

"Te tomaste tu tiempo", gruñó Fleming, agarrándose al caballo de Cole mientras el explorador desmontaba.

"Eso es culpa mía, señor", dijo Vance rápidamente, poniéndose a su lado. "Salí lo más rápido que pude, pero me perdí".

Fleming lo silenció con una mirada ceñuda. "Lo arreglaré más tarde, privado. Ahora mismo, Cole, tenemos una situación. Ven a mi oficina".

Dentro de la estrecha oficina, uno de los hombres de Fleming había encendido la estufa en la esquina y tanto el capitán como Cole se apretujaron cerca de ella, calentándose las manos. "Esto es muy bienvenido, Capitán".

"Este es solo el comienzo del invierno", dijo Fleming, "pronto se sentirá como la muerte".

"Quizás para esos Apaches también".

"Quiero que los atrapen, Cole. Todos ellos esta vez".

"Los subestimé", admitió Cole a regañadientes. “Nunca esperé que los demás vinieran aquí, y mucho menos para intentar una fuga. Deben estar desesperados".

“Así deberían estar. Saben que el lazo los está esperando". Fleming negó con la cabeza. "Me golpea por qué no mataron a los guardias. Ya son tan culpables como el pecado".

"Quizás ellos no lo ven de esa manera".

Fleming se volvió con los ojos más fríos que la noche. "Te he oído murmurar sobre salvajes antes, Cole. Me parece que eres demasiado blando con ellos".

"No señor. No apruebo nada de lo que han hecho; Solo pienso que se debe hacer justicia de la manera adecuada".

“Igual que nosotros, ¿quieres decir? ¡Mierda!" Se dio la vuelta, con los hombros tensos cuando la ira se apoderó de él. “Los he combatido muchas veces y la única justicia que reconocen es la que se otorga a balazos. Entonces, sal y tráelos de vuelta. Vivos o muertos, no me importa de qué manera".

Cole se volvió para irse sin una palabra.

“Deberías llevarte a ese otro explorador contigo, para asegurarte el éxito esta vez. ¿Cómo se llama, el escuálido?

"Sterling Roose, Capitán. Pero no, le pedí que se quedara en mi rancho, por si acaso”.

"¿Por si acaso qué?"

"Me conocen. Quién sabe lo que podrían hacer una vez que comience la matanza... Y supongo que así será".

"Tu corazón no está en esto, ¿verdad Cole?"

"Desde donde estoy parado, creo que esos chicos intentarán llegar a México y nunca los volveremos a ver. Pero si comenzamos a hacer caer algo de la ira de Dios sobre sus cabezas, es posible que nos paguen de la misma manera".

"Mataron a un guardia en la reserva. Deben ser traídos para enfrentar los cargos por eso".

"Me pregunto si estaríamos tan desesperados por que se haga justicia si el guardia hubiera sido Kiowa".

Fleming dejó escapar un suspiro. "Sal de aquí, Cole, estoy harto de tus tonterías mojigatas. Y, además, he decidido que voy contigo".

Los ojos de Cole se agrandaron. "¿Para cuidarme, Capitán?"

"Para asegurarme de que hagas lo que se requiere, Cole. Te estás ablandando".

Saliendo a la noche, Cole cruzó hasta donde estaba Vance junto a los caballos. El joven soldado se puso rígido en posición de firmes. "¿Nos vamos de inmediato, señor Cole?"

"Tan pronto como el bueno del capitán esté listo, sí".

"Oh". Vance miró hacia la luz que ardía en la ventana de la oficina de Fleming. "Supongo que eso significa que nos llevaremos a toda una tropa con nosotros. Tomará algún tiempo prepararla".

"Parece que sí, y cuanto más demoramos, más se alejan los Apache". Sacudió la cabeza. "Julia no va a estar feliz, lo sé".

"Señor Cole", dijo Vance con una voz sombría, "ninguno de nosotros va a estar feliz".

CAPÍTULO CUATRO

Llegada

Fue a finales del otoño del año setenta y cinco, unos tres meses antes de la fuga de los Apaches, cuando un joven, alto y delgado en la silla de montar, entró en la ciudad de Paradise con el asesinato en la cabeza. Ató su caballo a la barandilla de enganche fuera del Salón y Hotel Parody, pateó sus polvorientas botas contra los escalones de la entrada y se abrió paso a través de las puertas batientes justo cuando Sarah Lamprey salía. Luciendo sonrojada, largo y ajustado vestido negro con amplio escote y gorro morado oscuro con sombrilla a juego, miró al hombre y lo detuvo en seco.

"Buenas tardes, señora", dijo, inclinando su sombrero.

Sin hacerle caso, Sarah Lamprea resopló y salió a la calle, los ojos del joven siguieron su figura de reloj de arena.

"No tiene sentido que tengas pensamientos oscuros", dijo una voz. El joven se volvió y vio a un hombre corpulento que se tambaleaba apoyado contra las puertas batientes, con los antebrazos enormes doblados por encima de la parte superior. Él sonrió. "Ella no es del tipo de cortejo".

"Yo ni siquiera estoy en eso..."

"Ah, dispara, por supuesto que no lo estabas". Sonriendo, dio un paso atrás y abrió las puertas, haciendo un gesto para que el joven extraño entrara.

El extraño inspeccionó el interior, lleno de hombres envueltos en gruesos abrigos, sombreros y bufandas, una fuga marrón surgiendo de sus cuerpos colectivos para mezclarse con el humo acre de numerosos cigarrillos, puros y pipas. Sus muchas voces retumbaron en voz baja, como el progreso constante de una locomotora distante.

No pasó mucho tiempo antes de que obtuviera la información que necesitaba. Un individuo sociable y apuesto, su cabello rubio caía sobre uno de sus ojos azul cristal, dándole un aspecto juvenil. Mentón suave, labios carnosos y nariz aguileña contribuían a sus rasgos atractivos. Sabía bastante bien el efecto que tenía en aquellos con quienes hablaba. Cautivada, su audiencia se entusiasmó con él y lo puso en la dirección de una o dos posibilidades.

Cabalgando hacia el Rancho Celestial propiedad de Francis Rancine, un rico ganadero cuyo negocio estaba floreciendo, el joven se presentó al corpulento caballero sentado detrás de una gran mesa, con los ojos asomándose por debajo de los espesos y tupidos ojos, estudiando y diseccionando al extraño antes de hablar. "Estoy buscando trabajadores", dijo, "pero no te pareces mucho a un vaquero, hijo"

"No señor, soy más una persona que hace trabajos ocasionales, remendando y reparando y cosas por el estilo".

"Bueno, tenemos mucho trabajo de ese tipo por hacer". Lanzó una mirada hacia su hombre a cargo, cuyo rostro ceñudo le dijo al joven que se trataba de alguien que necesitaría un poco de convicción.

"Por favor, todo lo que pido es una oportunidad. Trabajaré gratis si eso es lo que se necesita".

"Parece que estás desesperado, hijo", dijo el grandote hombre a cargo, su mirada nunca vaciló. "Tal vez estás huyendo de algo... O de alguien".

—No, señor, no es eso en absoluto. Solo necesito un nuevo

comienzo, eso es todo. Perdí a mi mamá y mi papá hace unos seis meses y... Bueno, para ser honesto, hay demasiados recuerdos en mi ciudad natal. Necesito empezar de nuevo, construir una nueva vida para mí".

"Entonces, ¿no hay agentes de la ley siguiendo tu rastro?"

"No señor. Lo juro, sobre la tumba de mi querida madre difunta". Para dar crédito a sus palabras, levantó la mano derecha: "Como Dios es mi testigo, no..."

"Está bien, hijo", interrumpió Racine, "no tienes que darnos más explicaciones". Volvió a mirar al encargado de la carga, "Parece que una semana de prueba no estaría mal aquí, Hank".

"Supongo que no", dijo Hank, metiendo los pulgares en su cinturón, un cinturón que lucía un Colt Pacificador en su funda. "¿Cómo dijiste que te llamabas, hijo?"

"Emmanuel Torrance", dijo el joven, "pero la mayoría de la gente simplemente me llama Manny".

Está bien, *Manny*. Sígueme y cabalgaremos hasta el barracón. Puedes encontrarte con algunos de los chicos más tarde".

Sumido en sus pensamientos, se acostó en su litera, con los brazos detrás de la cabeza, esperando a que se pusiera el sol, sabiendo que pronto los vaqueros regresarían de un largo día en el campo. Con los ojos bien abiertos, miró el techo, la forma en que los troncos de los árboles anudados sostenían el techo, sabiendo que este era un edificio bien construido pero que se quemaría fácilmente. Si alguna vez llegara el momento en que tuviera que escapar, incendiar este lugar sería una forma de disfrazar su partida. Los vaqueros estarían tan decididos a apagar el fuego que podría desaparecer sin miedo a que nadie lo persiguiera, al menos no durante mucho tiempo. No es que supieran adónde iba o por qué. ¿No le había dicho Shapiro que todo estaría bien? ¿No confiaba su vida en Shapiro? Por supuesto, lo hizo y mientras se recostaba en su litera y miraba hacia arriba, su mente regresó al momento en que conoció al hombre que le ofreció una salida a todas sus preocupaciones.

Se puso de pie y observó mientras traían al sargento Burroughs. Tan silencioso como los muertos, sus ojos nunca parpadearon cuando lo sacaron de la silla, y vio a Torrance de pie a solo dos o tres pasos de distancia. Por supuesto, era Torrance solo para la gente del rancho Rancine. Su verdadero nombre era Nolan, soldado de caballería, uno de los soldados que utilizaba Burroughs para cubrir sus propias huellas de traición. Robar y vender caballos del ejército, algo que había estado haciendo durante más tiempo de lo que nadie sabía. Para ayudar, había reclutado una mezcla ecléctica de socios, incluido el esposo de Julia. Todos estaban muertos. La mayoría de ellos de cualquier manera. A excepción del sargento Burroughs, que se enfrentaría a la soga del verdugo por sus esfuerzos.

Excepto que no lo hizo.

Había escapado y Nolan, temiendo por su vida si estaba implicado, había desaparecido en las vastas extensiones de los territorios de Colorado / Utah. Allí deambulaba por pueblos pequeños y medio desiertos, tan anónimo como él mismo. Cambió su nombre y el velo cayó sobre él, mientras todas las noches soñaba con ella, Julia Rickman. No creía haber visto nunca a una mujer tan hermosa como ella. Tales pensamientos lo hicieron sentir algo mejor.

Los días parecían interminables y despiadados, sin embargo, hasta que conoció a Shapiro y escuchó su historia antes de compartir la suya sobre el hombre que había cambiado sus vidas.

CAPÍTULO CINCO

Shapiro

Comenzó casi de inmediato el día que se fue de casa. Una decisión fácil, dado que acababa de dispararle a su padre en las entrañas con la Colt Paterson del anciano, un arma que había heredado de su padre, que había servido en la marina de Texas en los viejos tiempos. Ahora, mientras Vernon Shapiro yacía moribundo en el suelo de la cabaña, su hijo se apartó con la pistola humeante en una mano que temblaba incontrolablemente. Sintió una lágrima al rojo vivo rodando por su rostro. Iba a ser la última vez que había llorado.

Desde que tenía memoria, Paul Shapiro no sentía más que miedo y odio por su padre. Le parecía que si simplemente respiraba en el momento equivocado, el grandullón le daría un fuerte golpe en la oreja. Las palizas se habían convertido en una especie de ritual mientras su madre miraba y lloraba, pero no hacía nada para detener la violencia. Incluso ahora, mientras Vernon gemía, agarrándose la herida en su estómago, ella se paró en la puerta, retorciéndose las manos, diciendo: "Oh Dios, Paulie... Oh Dios..."

Después de la matanza, Paul Shapiro se alejó sin mirar y pronto se encontró en mala compañía, robando diligencias junto con un grupo de jóvenes vagos y sinvergüenzas cuya propensión a la violencia no conocía límites. Los Federales los persiguieron sin piedad y solo Paul y su amigo Shamus O'Donnell lograron escapar al salvaje e indómito territorio de Nuevo México. Eso fue antes de la Guerra pero, por supuesto, ese conflicto iba a cambiarlo todo, ciertamente para todos los que sirvieron en él y sobrevivieron.

Para Shapiro, la guerra resultó rentable más allá de lo imaginable. Viviendo en las afueras de las principales ciudades, las noticias le llegaban lentamente y los envíos de armas siempre llamaban su atención y pronto la Confederación estaba haciendo un buen uso de su talento. Atacó los vagones de suministros del Ejército de la Unión siempre que pudo, utilizando una pandilla cada vez mayor de hombres viciosos pero ingeniosos para ayudarlo en sus esfuerzos.

Fue durante una pausa en las operaciones que todo cambió para Shapiro. Él y su banda descansaban en un burdel en la frontera con México, bebiendo whisky y tequila, el mundo real lejos de sus mentes o preocupaciones. A la tercera mañana, Wilf Penn salió a la terraza y estiró las extremidades, gimiendo de alegría al sentir el cálido sol en su rostro. Una bala lo alcanzó en la cabeza y cayó como una piedra, muerto antes de saber lo que había pasado.

Mientras los demás se lanzaban fuera de sus camas y de su letargo, una descarga de balas atravesó las delgadas paredes de adobe, levantando nubes de polvo blanco y fragmentos de yeso roto que salpicaron los brazos desnudos y los rostros desconcertados.

Gritando a sus hombres para que se mantuvieran abajo, Shapiro, con el chaleco manchado de sudor, la única prenda que vestía, salió corriendo a la luz del día, doblado en dos, Colt Navy en la mano, lanzando disparos ciegos y salvajes mientras corría hacia su caballo. "Salgan, muchachos", gritó, arriesgando una mirada hacia la ladera cercana y los contornos manchados de negro de los hombres arrodillados allí. Al menos una docena, posiblemente más. Ejército, algunos con chalecos verdes, y su estómago dio un vuelco al saber quiénes y qué eran.

Francotiradores. Hombres bien entrenados y talentosos en el uso de su arma elegida, el temible rifle Sharps. Deben haber estado cazándolo a él y a sus hombres durante semanas. Ahora, estaban aquí, y a Shapiro no le parecía que estuvieran a punto de tomar prisioneros.

Para subrayar sus pensamientos, mientras luchaba por montar en su caballo, tres de sus hombres salieron por la puerta del burdel, las armas ladrando, y los francotiradores en la colina apuntaron y dejaron caer a cada uno de ellos, varias balas impactando en cada torso.

Maldiciendo, Shapiro pateó a su caballo y trató de alejarse. Una figura salió, bloqueándole el paso, vestida con una camisa de caza raída y botas hasta las rodillas. Desde debajo del ala ancha de su sombrero, ojos furiosos miraron hacia afuera, clavándose en Shapiro mientras gritaba, “Espera, muchacho. Se acabó".

Con la boca abierta, Shapiro echó la cabeza hacia atrás y se echó a reír antes de sacar rápidamente su Colt, solo para que se le escapara de la mano con un certero disparo.

"No seas estúpido", dijo el extraño de camisa marrón, acercándose para agarrar las riendas, con su propio Navy fumando, "o te mataré sobre tu silla".

Sin otra opción, Shapiro, aferrándose a una mano que resonaba de dolor, se deslizó hasta el suelo y se arrodilló gimiendo y haciendo todo lo posible por detener el flujo de sangre de sus dedos destrozados. "Rompiste muy bien mi mano armada, miserable bastardo".

De la nada, el puño del extraño se estrelló contra su mandíbula y lo envió tambaleándose hacia atrás. "No me tientes a disparar contra la otra, muchacho".

Shapiro parpadeó para contener las lágrimas. "Aprenderé a disparar con la otra mano y te mataré".

El extraño sonrió. "Si vives tanto tiempo".

Cerrando los ojos, Shapiro aspiró su dolor y se rindió.

CAPÍTULO SEIS

El Diario de Nolan

Es cierto que sin la ayuda de Shapiro habría terminado al final de una soga o tal vez incluso de una bala en la espalda. Había perdido el rumbo, desesperado por comida y refugio, moviéndome de una ciudad minera de oro en descomposición a la siguiente. Mi ropa estaba hecha jirones, raída, y mi caballo, lo único que tenía aparte de mi rifle Henry, sufría tanto como yo. En la última ciudad a la que llegué, el mozo de cuadra de los establos del salón negó con la cabeza, una mirada triste en sus ojos. "Ella no tiene mucho tiempo, joven amigo". Él le acarició la nariz, la miró a los ojos e hizo una mueca. “No, no mucho. Ella está destrozada". Sus ojos se entrecerraron mientras me estudiaba. "Un poco como tú".

Le puse un cuchillo en la garganta, escondí su cuerpo en uno de los establos y, tomando lo que tenía, ensillé una nueva montura y la saqué fuera. Fue entonces que escuché los disparos.

Parecía que toda la calle principal estaba llena de hombres desesperados, ladridos de seis pistolas, caballos relinchando. La gente del pueblo estaba allí en gran número, algunos de ellos con antiguos cargadores de boca, enviando plomo caliente en la dirección de un grupo de individuos de aspecto moreno que salían disparados del diminuto banco. La ciudad de Grievance, supe más tarde, era bien conocida por ser el hogar de una de las bóvedas más seguras de todo el territorio. Esos ladrones estaban allí para saquear su contenido, eso estaba claro, pero por las razones que fueran, lo estaban pasando mal. Dos de ellos ya estaban sangrando, tal vez incluso muertos, en el tablado. Un par más corrían, doblados, hacia sus caballos atados, mientras que un tercero estaba en la puerta del banco, disparando a cualquiera que entrara en su punto de mira.

Fue entonces que tomé la decisión que cambiaría mi vida para siempre.

Arrojándome a la silla, espoleé a mi nuevo caballo en medio del tiroteo, con mi pistola de seis en la mano, disparando contra la gente del pueblo y enviándolos a dispersarse en todas direcciones. No eran pistoleros y abandonaron su lucha sin muchos problemas. Instando a mi caballo a subir, llegué a la orilla y vi al hombre en la puerta mirándome, sus ojos eran los más negros que jamás había visto.

"Vamos", gritó uno de sus compañeros, luchando por mantener el control no solo del caballo que montaba a horcajadas, sino de un segundo compañero, que se retorcía y se zambullía como si lo hubiera agarrado un terrible ataque.

El hombre de la puerta me miró, enfundó su arma y salió corriendo a la calle. Un cajero de banco apareció detrás de él, con una escopeta recortada en ambas manos. Levantó para descargar ambos barriles y le disparé en el pecho, arrojándolo de vuelta al banco. Manteniendo mi propio caballo bajo control, vi al ladrón de ojos negros subirse a la silla de montar.

De nuevo, la mirada, acompañada esta vez de la más leve de las sonrisas. Luego, gritando a todo pulmón, rompió a galopar, seguido de cerca por los sobrevivientes de su banda.

Yo los seguí sin dudarlo.

Acampamos unas horas más tarde cuando estábamos seguros de que algún perseguidor había abandonado la persecución hacía mucho tiempo. El líder, cuando supe que era el hombre de ojos negros, se presentó como Shapiro, los demás como Mel, un joven cantante del este, y Olaf, un enorme matón noruego al que le caí mal al instante. Mientras estábamos sentados alrededor del café, me miró a través de la improvisada fogata hasta que por fin no pudo aguantar más su paciencia y estalló: "¿Cómo es que saliste de la nada, cachorro, y disparaste a toda esa gente? ¿Quién eres?"

"Tranquilo Ol", dijo el joven Mel sobre el borde de su humeante taza de café, "si no fuera por él, estaríamos..."

"¿Estaríamos qué? ¿Muertos?"

"Más que probable".

"Bueno, tal vez eso es lo que seremos cuando nos degüelle en la noche".

Lo miré fijamente. Era un hombre enorme, sus manos como puertas de granero, los músculos de su cuello estaban a punto de estallar a través del cuello de su camisa. El abrigo grueso que vestía solo servía para acentuar su imponente talla. "¿Por qué habría de hacer eso?" Exigí, sin importarme su tono, ni su tamaño. No tenía miedo de mezclarlo con nadie, a pesar de que me rompieron la cabeza una o dos veces en el pasado.

"Para reclamar la recompensa, por eso".

"¿Estás loco?", Se rio Mel, dejando su taza de café. "Él es tan solicitado como nosotros después de lo que hizo".

"Quizás más".

Era la primera vez que Shapiro hablaba desde que encontramos ese lugar. Todas las cabezas se volvieron hacia él. "Por matar a ese cajero de banco, estoy agradecido, pero creo que no se hizo ningún favor".

"No estaba buscando ninguno".

"Entonces, ¿por qué lo hiciste?", Gruñó Olaf.

Me encogí de hombros y terminé mi propio café. "Estoy en una especie de aprieto, como pueden ver". Pasé mi mano por mi ropa hecha jirones. "No he tenido una comida completa en más de una semana y casi se me acaban las opciones".

"¿Eso es todo?" Dijo el noruego con escepticismo. Él sonrió, sin humor. "¿Viste como una oportunidad participar con nosotros para mejorar tu situación? No, no lo creo. Hiciste lo que hiciste por lo que podrías obtener y no me gusta..."

"Olaf," dijo Shapiro, su voz baja y espesa por la amenaza, "nos salvó el pellejo. Ahora, o aceptas eso por lo que es, o..."

"¿O qué? No eres mi dueño, Shapiro. Si me preguntas, creo que estás ciego ante lo que es este extraño". Se volvió hacia mí de nuevo, sus ojos eran simples rendijas, su boca una línea delgada. "Un cazar recompensas".

Fue por su arma. Fue un movimiento mal pensado, sentarse todo encorvado, su corpulencia era un obstáculo para sacar suavemente su arma de su funda. Incluso cuando agarré mi arma en respuesta, Shapiro fue más rápido que cualquiera de nosotros, y le disparó a Olaf entre los ojos y terminó la disputa allí mismo.

Mel se puso de pie, chillando, con las manos levantadas y las palmas extendidas mientras se retiraba del fuego. "¿Qué diablos? Shapiro, no. Por el amor de Dios".

Shapiro le disparó dos balas y cuando Mel cayó muerto al suelo, me senté allí, arraigado, sin saber si iba a ser el siguiente. Contuve la respiración cuando Shapiro volvió sus salvajes ojos negros hacia mí, su arma sostenida como una roca. "Baja el arma", dijo.

Dejé que mi Colt se cayera de mis dedos temblorosos y esperé a que llegara mi propio final.

En lugar de que una pesada masa me lanzara hacia atrás, lo vi poner su mano suavemente sobre el martillo y soltarlo. Sentí tal alivio que casi me desmayo. "La honestidad", dijo, sin apartar sus ojos de los míos, "es rara. Por su aspecto, diría que su historia es veraz".

"Es así, lo juro".

Levantó la mano mientras guardaba la pistola en la funda. "Te creo. A diferencia de esos dos perros", señaló con la cabeza a los cadáveres de los demás, "que me habrían degollado por una moneda de cinco centavos. Uno de ellos se escapó del campamento hace dos noches, pensando que no me había dado cuenta.

Ahora sé que fue a advertir al pueblo sobre nuestro intento de robar el banco, hacer que me maten y luego reclamar la recompensa. Si no hubieras intervenido cuando lo hiciste..." Sacudió la cabeza con tristeza. Durante mucho tiempo, se quedó sentado mirando al suelo, perdido en sus pensamientos. Pensé que en un momento se había quedado dormido, pero luego, justo cuando estaba a punto de decir algo, volvió a la vida y levantó la cabeza, con los ojos brillantes y vivos una vez más. "Ahora, como vamos a viajar juntos, quiero que me cuentes todo sobre ti y por qué estás en ese estado".

Entonces, le conté todo, desde que me uní al ejército hasta que me reclutaron para la tropa del sargento Burroughs. Le conté cómo llegó la orden de encontrar a los ladrones que habían robado caballos del Ejército de más al norte y los llevaban a la frontera con México con la esperanza de venderlos. Cómo Reuben Cole, el explorador del ejército, había descubierto el hecho de que Burroughs estaba involucrado y...

"*Espera*", siseó Shapiro, sentándose muy erguido, una oscuridad descendiendo por sus ojos, "¿Dijiste Cole?

"Sí. Es un explorador del ejército, asignado a nuestra tropa para ayudarnos a localizar a los ladrones de caballos". Fruncí el ceño. "¿Usted lo conoce?"

"Oh, sí", gruñó antes de girar la cabeza para escupir en el suelo. "Hemos tenido tratos..." Una vez más, cayó en un oscuro silencio. Claramente, algo había pasado entre Cole y él, algo malo.

Pronto nos alejamos de ese campo de matanza, llevándonos los caballos y todo lo que necesitábamos de los cuerpos. Cruzamos el interminable campo abierto, sin detenernos nunca para descansar, bebiendo de nuestras cantimploras de agua con el casco. Shapiro, con la intención de poner la mayor distancia posible entre nosotros y la ciudad de Grievance, parecía un poseído, y cuando finalmente acampamos, me contó su plan.

CAPÍTULO SIETE

El Plan

No había nada más que galletas de maíz duras para comer, pero con ellas hicieron un festín, saborearon cada bocado y lo tomaron todo con lo último de su café.

"Hay un banco en la ciudad de Paradise", dijo Shapiro mientras tragaba su último bocado. "Tiene dinero de la compañía ferroviaria. Todos los jueves, hombres armados vienen a recoger dinero en efectivo para pagar los salarios de los trabajadores del ferrocarril. Uno de mi pandilla, un hombre llamado Arkan Lomas, trabajaba como uno de los guardias. Me contó acerca de esto. Mi esperanza era que pudiéramos asaltar el banco ese día, tomar el dinero y dirigirnos a México. Cole puso fin a todo eso". Levantó la mano, girándola para revelar la cicatriz lívida que atravesaba el dorso de la muñeca. "Me despojó del arma en mi mano con un disparo. Nunca había visto disparos así".

Nolan frunció los labios y asintió. "Lo vi enfrentarse a Burroughs y sus hombres. Frio y mortal".

"Sí". Shapiro estudió la cicatriz. "Pensé que era bueno con una pistola, hasta que me enfrenté a él".

"¿Qué le pasó a Arkan?"

"Muerto, junto con el resto, pero puedo reunir fácilmente a otra pandilla. Hay muchos hombres desesperados por todos los

Territorios, ex mineros de oro y plata, trabajadores del ferrocarril, ex ejército. No eres el único que ha atravesado tiempos difíciles".

"Entonces, ¿su plan es asaltar el banco en Paradise?"

"Sí. Pero no es el dinero lo que me impulsa, aunque será suficiente cebo para los hombres que reclute. No, es Cole a quien quiero. Y ahí es donde entras tú, amigo mío".

Nolan respiró hondo. "No veo qué puedo hacer, aparte de contarles más sobre sus capacidades".

"Por lo que me has dicho, ¿conocías a la mujer, la que traicionó a Burroughs, la que escapó?"

"Usted está bien informado, se lo diré".

“Siempre me mantengo un paso por delante. Entonces, ¿la conocías?

¿La señorita Julia? Bueno, sí, la conocía, pero solo un poco".

"Ella te recordará".

"Tal vez, pero no veo cómo puedo..."

“Es simple, amigo mío. Quiero que vuelvas a familiarizarte con ella, la hagas tu amiga, tu confidente".

“¿Mi qué?”

Shapiro suspiró. "Haz que confíe en ti. Quizás incluso que se enamore de ti".

Nolan se rio a carcajadas, "¡De ninguna manera haría eso!"

"Tal vez no hacerla tu amante, pero algo parecido. Quiero que ella traicione a Cole por ti".

“¿Traicionarlo? No entiendo".

¿Crees que no he hecho nada desde que escapé de sus garras? Lo he buscado muchas veces, mirando, escuchando, aprendiendo. Incluso he visitado su rancho. Algo fácil de hacer ya que casi nunca está allí. Él y la mujer ahora comparten ese rancho".

"Entonces, ¿ella *es* su amante?" Shapiro asintió con la cabeza y Nolan pareció abatido, adoptando una expresión de tristeza y sacudiendo la cabeza. "Entonces hay incluso menos posibilidades de que me abra paso en sus afectos".

"No. Creo que hay todas las posibilidades. Él no le presta

atención, la deja para que cuide de sus caballos y la tierra, mientras él se va en sus deberes de exploración. Ella está íngrima y sola". Sonriendo, se inclinó hacia adelante, "Confía en mí en esto, amigo. Conozco mujeres, lo que anhelan. No tendrás ningún problema en seducirla. Eres joven, guapo y amable".

"Eso es lo que yo me llamaría", se burló Nolan. "Es una mujer sofisticada pero dura. Le disparó a Burroughs sin pensarlo".

"Porque él le había hecho daño".

"Sí".

Y así la convencerás, que Cole también la ha hecho daño. Quizás de una manera diferente, pero el resultado será el mismo. O casi".

"¿Usted quiere...?" Nolan se echó el sombrero hacia atrás y se pasó una mano por el pelo. "Déjeme entenderlo. Usted quiere que yo convenza a la señorita Julia de que Cole la está engañando de alguna manera, haciendo que ella encuentre algo de consuelo en mis insinuaciones, entonces... ¿Entonces qué?

Atraerlo. Quiero que ella lo confronte, que le cuente lo que ha sucedido entre usted y ella por la forma en que la ha descuidado. Quedará devastado y bajará la guardia. Entonces, en ese preciso momento, usted y los demás llegarán al banco, y cuando le lleguen noticias en su rancho, responderá y se preparará para regresar a la ciudad. Estaré esperando y lo mataré. No estará en condiciones de defenderse debido a su estado de ánimo".

"Ese es un plan complicado, Shapiro".

"Quizás, pero creo que funcionará. Todo depende de ti, amigo. Conseguirás un trabajo en uno de los ranchos más grandes y esperarás el momento oportuno hasta que puedas darte a conocer a ella".

"¿Cómo se supone que voy a hacer eso?"

"Encuentra una manera de hacerla estar en deuda contigo para que te invite a trabajar en el rancho de Cole. A medida que pase el tiempo, ella te tomará cariño, lo sé".

Pareces muy seguro de todo esto. ¿De cuánto tiempo estás hablando?

“El tiempo que sea necesario. Ya he esperado casi años para tener mi venganza, puedo esperar unos meses más”.

"¿Unos pocos meses?"

“Debe ser natural, no forzado. Me traerás informes de cómo estás progresando".

Nolan se alejó unos pasos para contemplar las llanuras. El suelo duro, implacable. El año avanzaba y pronto el clima cambiaría, trayendo consigo frío y nieve. No importa cuál sea la temporada, esta era una tierra dura, estéril y sin amigos, no para los débiles de espíritu.

Shapiro se acercó a él y apoyó una mano en el hombro del joven. "Serás bien recompensado, amigo mío".

"No es en lo que estoy pensando".

"¿Oh? ¿Entonces qué?"

Nolan volvió el rostro hacia su compañero. "Julia. ¿Qué pasa si...? ¿Qué pasa si los sentimientos se convierten en algo real?"

"¡Entonces tu recompensa será mayor que cualquier ganancia monetaria, amigo!" Shapiro se rio y le dio una fuerte palmada a Nolan en el hombro.

Pero Nolan no respondió a la risa del hombre. En cambio, cerró los ojos y respiró hondo y tembloroso.

Shapiro miró fijamente a su nuevo compañero, su risa se desvaneció. En ese momento, supo que Cole no sería el único en morir cuando este plan llegara a su inevitable conclusión.

CAPÍTULO OCHO

Cole

Varios meses después del encuentro de Nolan con Shapiro, cayeron las primeras ráfagas de nieve que cubrieron las montañas con un polvo blanco y suave. Desde la distancia, un observador podría pensar que era romántico, casi nostálgico, el tipo de vista para volver la mente a las ideas de largas tardes de invierno acurrucados frente a fogatas encendidas, abrazando a la amada. Cole sabía que no era ninguna de estas cosas. La naturaleza estaba cambiando, transformando la tierra de horneada a una plagada de surcos profundos escondidos bajo la nieve donde peligros incalculables podían arrojar a un caballo, torcer su tobillo. Después de eso, las posibilidades de encontrarse expuesto y solo, de sufrir y morir congelado se multiplicaron. El invierno era la época que más temía Cole. Sus incertidumbres, su naturaleza implacable. Un sol abrasador con el que podía hacer frente, prepararse, tener suficiente agua para pasar, pero el invierno... No, el invierno era otro animal en general. Y no era uno en quien confiaba.

A su lado, el capitán Fleming miró hacia los picos de las montañas y suspiró. "¿Crees que habrían venido por aquí?"

"Podría ser", dijo Cole. Había recogido el rastro hace dos días y no lo había perdido desde entonces, pero su dirección le preocupaba. Las montañas en estas partes eran altas y escarpadas, imposibles de atravesar para los caballos. La única forma, aparte de escalar la cima, era a través de un estrecho desfiladero. Fila india. Lento, laborioso.

"¿Podría ser?" Repitió Fleming, incapaz de ocultar la impaciencia y la frustración de su voz. "¡Tú eres el que debería saberlo, Cole!"

"Aquí el sendero se desvanece en las rotondas, capitán. Son inteligentes. Saben que estamos tras su rastro y no van a hacer que su persecución sea fácil".

"Entonces, ¿cuál es tu apuesta en esto? ¿Han pasado por el desfiladero?"

Cole recorrió con la mirada las pistas, fáciles de ver en la nieve, pero solo un experto podría descifrar su significado. “Son seis, viajan a pie y ligeros porque han soltado a sus caballos. Envía a sus hombres a través de ese desfiladero, estará sellando su perdición. Eso es lo que puedo decirle".

¿Eso es todo? ¿Seis? ¿Estás loco? Tengo veinte hombres buenos aquí, Cole. Creo que podemos sobrepasarlos en unas pocas horas".

"Entonces estaría equivocado si cree que tendrá veinte hombres al final de esto, Capitán. ¿Mi consejo...?" Miró a Fleming de frente, sin pestañear. "Usted circunnavega la montaña, los corta por el otro extremo".

“¿Circum *qué?*”

"Rodear la montaña. Deme cuatro de sus mejores hombres y abriremos un camino hasta la cima, mientras usted y el resto hacen su..."

"Espera, Cole". Fleming, protegiéndose los ojos del sol con la palma de una mano sobre su frente, miró hacia la cima de las montañas, "¿Subirás esa cosa?"

"Es todo lo que tenemos. Si puede bloquear el extremo más alejado del desfiladero, descenderemos sobre ellos desde arriba. Entonces se rendirán, se lo garantizo".

"Seguro que parece mucho trabajo duro... ¿Puedes hacerlo?"

"Lo he hecho antes".

"Apuesto a que lo has hecho..." Fleming dejó caer la mano y negó con la cabeza. "Darnos la vuelta nos llevará más de dos días. Para ese momento, se habrán ido".

"No esperarán que hagamos lo que le he propuesto. Se ocultarán listos para emboscarle".

"¿Seis contra veinte? Lo dudo".

"Ellos son Apaches, Capitán. No son como otros indios".

"Dijiste que los Comanches eran los más malos".

"Lo son, pero cuando se trata de emboscadas, nadie se acerca a los Apaches. Créame en esto, Capitán. Por favor".

Sumido en sus pensamientos, Fleming se mordió el labio inferior, mirando de arriba a abajo de la cordillera. A Cole le pareció que el comandante de caballería estaba envuelto en una disputa desesperada consigo mismo. El explorador rezó para encontrar la solución adecuada.

Después de una larga pausa, el capitán exhaló un largo suspiro y negó con la cabeza. "No, simplemente no tenemos tiempo, Cole. Se habrán ido hace mucho tiempo. Dudo que nos tiendan una emboscada", rápidamente levantó la mano antes de que Cole pudiera intervenir una vez más. "Respeto tu indudable conocimiento sobre esto Cole, pero el sentido común, al menos, me dice que no intentarían derribar a un tropa de caballería. Entonces, lo analizaremos mientras tú y tus hombres seleccionados escalan a la cima para cubrirnos".

"Capitán, primero matarán a los oficiales y suboficiales. El resto de sus hombres saldrán de aquí más rápido que un pequeño que ha volcado un nido de avispas".

"Bueno, eso se arregla fácilmente". Sonriendo ante su propia onda cerebral, Fleming se quitó rápidamente la chaqueta del uniforme y la metió detrás del petate que cruzaba la parte trasera de la silla de montar. Se quitó el sombrero y se lo arrojó a un soldado que esperaba, quien lo agarró con los ojos muy abiertos por el desconcierto. "Lánzame tu kepi, soldado". Se recuperó, el joven jinete se quitó el casco y, sin querer ofender, acercó suavemente su caballo al oficial al mando. Fleming tomó el kepi, lo colocó en un ángulo apropiadamente alegre y, luciendo engreído, asintió con la cabeza hacia Cole. "¡Allí! Ahora soy solo un soldado ordinario, o al menos lo verá de esa manera cualquier Apache molesto. ¿No te parece, Cole?"

Exasperado, Cole decidió que era mejor apartar la mirada. Claramente, el capitán Fleming no iba a dejarse convencer de la estupidez de su plan. "Haré que mis hombres empiecen a subir la roca de inmediato", dijo Cole e hizo una señal al sargento cercano, que sabía exactamente qué hacer. A los pocos minutos, Cole tenía a sus hombres reunidos frente a él, con carabinas y botellas de agua preparadas. Cole desmontó. "Danos una ventaja, Capitán, antes de pasar".

"Lo haré, Cole. Nos vemos en el otro extremo".

Gruñendo, Cole hizo un gesto a los soldados reunidos para que comenzaran su ascenso constante y cuidadoso.

Solo llevaban cinco minutos de ascenso cuando escucharon el primer disparo.

Para acompañar el aumento de los disparos, Cole instó a sus hombres a que subieran siempre. La escalada resultó ardua; el frío que muerde profundamente. Aun así, cuando llegaron a la cima, todos estaban empapados en sudor. Cole se abrió paso hasta el borde de la colina y entrecerró los ojos en el desfiladero. Fleming y sus hombres estaban allí, corriendo detrás de la cubierta como tantas hormigas. Uno yacía con los brazos abiertos en el suelo, claramente muerto. Cole cogió los anteojos de la cadera y ajustó el anillo de enfoque para obtener una vista más detallada de lo que estaba sucediendo allí, entre las duras e implacables rocas. Mientras escaneaba el área, pudo ver que su profecía de antes se había hecho realidad: el único muerto era el pobre soldado que se había puesto la gorra y la túnica de Fleming.

"Ah, maldita sea", suspiró otro joven soldado deslizándose a su lado, tomando los prismáticos ofrecidos e instantáneamente agachando la cabeza en reacción a un disparo distante. Se llevó las gafas a los ojos y siseó. "Esto está mal, Sr. Cole".

"Eso parece". El explorador rodó sobre su espalda e indicó a los demás que se mantuvieran agachados. "Tenemos que intentar llegar a una posición en la que tengamos la ventaja".

El joven soldado devolvió los prismáticos. "Parece como si hubieran atravesado la espalda del capitán. Hay dos de ellos inmovilizando a nuestros muchachos, eliminándolos cada vez que se muestran".

Escaneando el área de nuevo, Cole gruñó. "Hay uno al frente, bloqueando cualquier posibilidad de avanzar. Están encerrados".

"¿Y los otros?" preguntó otro soldado desde una posición a unos pies del borde y fuera de la vista.

"No puedo verlos", dijo Cole. Luego, maldijo en voz alta. "¡Los caballos! Han dado la vuelta para llevarse los caballos". Golpeó el suelo con el puño. "¡Maldita sea! Tienen la intención de tomar los caballos de caballería y dejar a Fleming y sus hombres sin medios para viajar salvo a pie.

"Lo detendré", dijo rápidamente el joven soldado. Ya estaba comenzando su descenso cuando Cole lo agarró del brazo. Intercambiaron una mirada. Cole lo reconoció, por supuesto, pero, como siempre, no recordaba el nombre del joven. Lo había hecho bien cuando cazaron por primera vez a este grupo de Apaches, aprendiendo rápido. Cole también recordó sus modales fáciles, su inteligencia y rapidez de pensamiento. Si pudiera elegir a cualquiera de estos hombres para que le cuidara las espaldas, sería este joven soldado. Fue a hablar, pero el joven entró primero. "No hay elección, Sr. Cole. Usted lo sabe".

"Sí, supongo que sí". Dio una sonrisa irónica y apretó el brazo del soldado con más fuerza aún.

"Cuídate ahí abajo, hijo. No oirás a ninguno de ellos cuando vengan detrás de ti".

"Sabe que me he mantenido firme contra estos salvajes antes, Sr. Cole. Sé lo que tengo que hacer".

Cediendo, Cole asintió y observó al joven bajar por el camino por el que había venido unos momentos antes. Dijo, a nadie en particular, "¿Cuál es su nombre otra vez?"

"Vance. Hyrum Vance", dijo otro, y luego añadió en voz baja y pesada: "Tiene dieciocho años".

Cole hizo una mueca y miró de nuevo a través de sus lentes, diciendo con los dientes apretados: "Si salva a esos caballos, pediré una citación al cuartel general del Ejército de los Estados Unidos en Denver por su valentía".

"Nadie en nuestra tropa ha tenido uno de esos reconocimientos, Sr. Cole".

"Bueno, ya es hora de que lo hagan. Cualquiera que venga aquí para enfrentarse a los Apaches tiene más arena de la que se puede encontrar en el Valle de la Muerte".

"No tenemos nada que decir en nada de eso. Solo seguimos órdenes, eso es todo".

Tensando el cuello, Cole miró al soldado. "¿Y cuál es tu nombre, hijo?"

Crevis. Los chicos de los barracones me llaman Buster. Estos son Larry McDonald y Jason Spooney". Los otros dos asintieron sin pronunciar palabra.

"Todos tenemos opciones", dijo Cole, "y las opciones comienzan desde arriba. Si gobernadores, senadores y similares no hubieran estado en los bolsillos de los magnates del ferrocarril, nunca hubiéramos tenido tantos problemas con los nativos".

"Pero son salvajes", espetó McDonald. "Sean cuales sean sus excusas, no podemos permitirles que hagan lo que hacen, asesinar, quemar y cosas por el estilo. No señor, no podemos permitir tales cosas".

"McDonald, ¿verdad?" El soldado asintió. "Hijo, creo que todos somos salvajes de corazón. Lo que le hemos hecho a esta gente no es más que violación y pillaje. Solo están devolviendo lo que les dimos primero. Creo que eso es algo a lo que sus antepasados estaban muy acostumbrados cuando los ingleses arrasaron con su tierra natal durante las Autorizaciones de las Tierras Altas".

McDonald miró boquiabierto al explorador. "Estoy impresionado con su conocimiento, señor".

"Soy un estudioso de esas cosas y veo que el patrón se repite en todos los lugares donde miro".

"Me inclino ante su aprendizaje, sin embargo, estos Apaches son diferentes a los demás".

"Quizás en su eficiencia, pero no en sus métodos". Cole volvió a la vista de abajo. "Por lo que yo sé, no saben de nosotros, así que tenemos que ir allí y ayudar a Vance a eliminarlos. Tendrás que moverte despacio y con cuidado, mantente alerta y no dispares tus armas de fuego hasta que yo dé la señal".

"¿Y si usted cae, señor Cole?"

Cole se rio entre dientes, "Entonces, cada uno por sí mismo, pero no me preocuparé demasiado por nada de eso".

"Tengo miedo", dijo Spooney, con voz temblorosa.

"Todos tenemos miedo, hijo", dijo Cole. Él sonrió para tranquilizarlo. "Solo mantén la cabeza baja y haz lo que yo haga. Todo estará bien".

Nadie habló. Cole devolvió los prismáticos a su estuche de cuero e indicó a los hombres que avanzaran. Como uno, se abrieron paso como gusanos sobre la cresta y comenzaron su descenso hacia el desfiladero.

CAPÍTULO NUEVE

Hyrum Vance

Trepando por las numerosas rocas y cantos rodados, a menudo perdiendo el equilibrio, lo que provocó que sus rodillas se sacudieran dolorosamente, Vance se detuvo junto a un peñasco particularmente grande y se desplomó detrás de él. Se quitó el kepi y se secó el sudor de la frente con el dorso de la mano. Para eso no se había unido al ejército. Dijeron que era una buena paga con tres comidas al día, aventureros, cabalgando por la llanura, pero sin peligro. Nunca se detuvo a comprender por qué estaban reclutando tan fervientemente, y puso su nombre al pie del periódico, mintiendo sobre su edad sin pensarlo. De regreso a casa, su enfermiza madre se quebró ante la noticia, arañándole la pechera de la camisa, sacudiéndolo, rogándole que no fuera. Su hermano menor, Nathanial, miraba con un brillo en sus ojos, el pecho hinchado de orgullo. "¡Viajará con la Caballería de los Estados Unidos, mamá! No lo tomes a mal". Se volvió hacia su segundo hijo y le dio una bofetada tal que el de trece años cayó de rodillas y se echó a llorar, más por la conmoción y la indignación que por cualquier otra cosa.

Vance la tomó del brazo y la volvió hacia él, con los ojos también llenos de lágrimas. "Oh mamá, ¿por qué debes asumir eso? ¿Por qué debes hacerme sentir tan culpable?"

"¿Culpable? ¡Lo que estoy es asustada!"

Mirándola boquiabierto, su agarre se aflojó y ella se liberó. "No es necesario. No habrá peleas y puedo enviar dinero a casa todos los meses. Es lo mejor, mamá, realmente lo es".

Sacó un trozo de lino de su manga y lo usó para secarse la cara húmeda. "¿No pelear? El viejo Santiago en la librea dijo que hay historias provenientes de Dakota del Sur acerca de que han descubierto oro allí y que algunos de los indios están haciendo amenazas. ¡Se habla de guerra, Hyrum!"

"¿Guerra? No va a haber guerra, mamá, sea lo que sea lo que esté sucediendo allí". Elevándose sobre ella, apoyó las manos sobre sus hombros. Desde tan cerca, pudo ver lo cansada y vieja que parecía. "¿Dakota del Sur? Eso está a cientos de millas de distancia. Además, todos esos indios, pronto estarán en reservas. El sargento de reclutamiento me dijo que solo algunos rezagados ocasionales se escapan y causan daños. Todo es perfectamente seguro".

Una bala golpeó contra una roca cercana, rebotó en un ángulo salvaje y Vance, saliendo de su ensueño con una sacudida, se arrojó boca abajo al suelo. Tomando aire, con la cabeza martilleando de miedo, se aferró a su carabina y se preguntó qué hacer. Su movimiento hacia la roca había sido lento y cauteloso. Estaba seguro de que nadie podría haberlo visto.

Pero, por supuesto, estos eran Apaches.

Esperó, obligándose a sí mismo a contar lentamente hasta treinta. En algún lugar más allá de la cobertura de la gran roca, se escucharon más disparos, devolviendo el fuego de sus camaradas sin duda. Tensándose, se dio la vuelta y se puso de rodillas, lanzando una rápida mirada por encima del borde de la roca.

Vio al guerrero Apache casi de inmediato. Llevaba una camisa roja brillante y un pañuelo negro, la carne de sus piernas desnudas quemada del color del cuero. Vance volvió a perderse de vista y volvió a contar. Si era lo suficientemente rápido, podría disparar al indio, ponerse a cubierto y encontrar a los demás. Sus órdenes eran recoger los caballos, pero la idea de derribar a un salvaje era demasiado grande.

Más que oír, sintió algo detrás de él. Dio una vuelta y por un momento captó el destello de ojos brillantes, una mueca fijada en un rostro masticado y bruñido por el sol. Gimió cuando el cuchillo se hundió profundamente. La cara del Apache estaba tan cerca y estaba sonriendo. Por un momento, el terror se apoderó del cuerpo de Vance, pero de alguna manera logró reunir la fuerza para agarrar el brazo de su atacante. Sostuvo, mirando a los ojos del otro, hipnotizado por su intensidad, y todo en lo que podía pensar era en una sensación cálida, arremolinándose, arrastrándolo para siempre hacia abajo. "Oh, Dios mío", gimió, la carabina se deslizó de los dedos cada vez más entumecidos. El Apache inclinó la cabeza, la sonrisa se amplió y deslizó una mano libre alrededor del cuello de Vance, ahuecando su cabeza para ganar más influencia mientras empujaba el cuchillo más profundamente.

"Ve con tus antepasados", dijo el Apache en voz baja y suave y volvió a empujar.

Vance se aferró al brazo del hombre, asombrado por su fuerza, seducido por los curiosos sentimientos que lo invadían, los sentimientos de calma, rendición. Sabía que la sangre manaba de él, en un torrente espeso y cálido. Pensó que debería gritar, intentar advertir a los demás, pero la sonrisa tranquilizadora del Apache le hizo darse cuenta de que ahora nada podía salvar a ninguno de ellos y la pelea lo abandonó. El apache lo bajó suavemente al suelo, con el cuchillo aún profundo, y luego lo retiró lentamente. Vance miró fijamente a la cara de su conquistador, pensó que vio algo más, tal vez arrepentimiento, y luego no hubo nada.

CAPÍTULO DIEZ

Cole

Los disparos aumentaron cuanto más profundo se internaban Cole y sus hombres. Más parecía provenir del otro extremo, atrayendo fuego de los soldados. Fleming agitaba la mano como un poseído, sus dientes destellaban blancos en un rostro rojo de rabia. "¡Cole, los caballos!"

Manteniéndose agachado y cerca del lado del desfiladero por el que habían ascendido, Cole y sus hombres se apresuraron a seguir, encontrando cualquier refugio que pudieran, acercándose cada vez más al lugar donde habían atado a los caballos.

Crevis lo vio primero, deteniéndose repentinamente, Cole y los demás casi chocan contra él. Entonces Cole también lo vio, bajó la cabeza y maldijo en silencio.

Hyrum Vance yacía presionado contra una roca, con los ojos bien abiertos, mirando a la nada, con el torso empapado de sangre. Más allá de él, donde antes habían estado los Apaches, ahora no había nada más que llanura abierta. Otro soldado yacía boca abajo en el suelo, muerto. Los caballos ya no estaban.

"¿Que hacemos ahora?" gimió Spooney, cayendo de rodillas. "Esos caballos tenían nuestras cantimploras y todo. ¡Vamos a morir aquí!"

"Cállate", espetó McDonald, rodeando a su compañero,

tomándolo de los brazos y sacudiéndolo como si fuera un niño travieso. Deja eso, Jason. Ninguno de nosotros va a morir aquí, ¿no es así, Cole?"

Cole se encontró con la mirada desesperada del joven escocés e hizo todo lo posible por sonar positivo. "Creo que. Pero necesitaremos agua si queremos regresar al fuerte. Estamos dos días fuera, y eso es a caballo".

"Oh, Dios mío", dijo Crevis, cayendo al suelo. "Puedes multiplicar eso por diez si viajamos a pie".

"¿Diez días?" gritó Spooney. "¿Estás loco? ¿Cómo podemos caminar diez días sin agua?"

"Ahí está la nieve", dijo rápidamente McDonald, animándose con su idea. "¿Qué piensa, señor Cole? Podemos sobrevivir bebiendo el agua de la nieve derretida".

"Sí", dijo Cole lentamente, "podemos, aunque la nieve no te da tanto. Tal vez lo suficiente para mantenernos vivos. Pero las noches serán frías, muchachos. Quizás demasiado frío. Era diferente cuando teníamos las carpas. Afuera", miró al cielo, a su uniforme azul, "en esto, sin nubes, podríamos congelarnos".

"Dios, estás lleno de risas, ¿Verdad Cole?" Crevis se puso de pie en toda su altura, seguro de que estaba fuera del alcance del Apache que quedaba en el extremo más alejado del desfiladero. "Yo digo que apresuremos a ese salvaje solitario, lo matemos y tomemos lo que tenga, entonces podremos..."

"Tengo una idea mejor", dijo Cole, mirando hacia el desfiladero. "Pero es algo que tengo que hacer por mi cuenta".

CAPÍTULO ONCE

Julia

En algún momento antes de su enfrentamiento con los Apaches, Cole había llegado a la ciudad de Feathernest en un tipo de misión muy diferente. No había sido tan difícil de encontrar. Quizás ella lo decía de esa manera. Reduciendo la velocidad a una caminata, la vio de inmediato sentada en una mecedora con aspecto de un millón de dólares y notó cómo sus ojos lo seguían. Se preguntó qué debería hacer ahora. Ella mató a tiros a un criminal fugitivo después de ayudarlo en su escape, golpeó a Sterling en el suelo pero luego equilibró la balanza cuando más tarde salvó la vida de Cole. Verla de nuevo, audaz como podía ser, lo conmovió por dentro. Ya estaba formulando razones para no llevarla ante la justicia. Sabía que tendría que encontrar una manera porque verla colgar del extremo de una cuerda no era algo que hubiera querido contemplar. Entonces, con la mente confusa por encontrar una solución, guio su caballo al establo de la librea.

Desde donde estaba sentada, Julia no pudo evitar sonreír. Se veía tan bien como siempre en esa silla, con la espalda recta, el rostro bronceado y de aspecto duro, tal como ella lo recordaba. La anciana señora Roman, que la había acogido el día en que se enroló por primera vez, se sirvió un vaso de limonada, se aclaró la garganta y le dio a Julia una mirada parecida a la de una maestra de escuela. "¿Es él?"

Julia hizo todo lo posible por reprimir una risita de niña, pero falló. Sintiendo que el calor recorría su mandíbula y subía a sus mejillas, se volvió y se apartó un mechón de cabello dorado de la cara. "Sí. Ese es Reuben".

"Parece un buen hombre", dijo la Sra. Roman, tomando un sorbo de su bebida. Julia la miró con gran interés. La mujer mayor sonrió. “Recuerdo el día en que vi por primera vez a mi Clancy. Sentí que mi corazón se hinchaba hasta la garganta, lo hice". Inconscientemente, una mano cayó a su pecho mientras sus ojos se empañaban con el recuerdo. "No podía hablar. ¿Es así como te pasa?"

“Bueno”, ella soltó otra breve risa, “quizás no sea lo mismo, pero sí, debo admitir que lo veo tan delgado y fuerte...” Ella negó con la cabeza. "Hay una fuerza dentro de él que no he conocido en ningún otro hombre que haya conocido. Me siento segura con él".

"Y, sin embargo, elegiste irte".

"No estaba segura de cómo reaccionaría después de lo que pasó. Había pasado mucho de mi tiempo haciendo planes sobre cómo lidiar con Burroughs, planeando mi venganza. No estaba segura de si Reuben aceptaría lo que hice. Es un hombre de honor".

"¿Aceptar qué? ¿Te refieres a haber matado a ese hombre horrible?"

Los ojos de Julia se abrieron como platos. "¿Cómo...?"

La señora Roman se encogió levemente de hombros y devolvió su vaso vacío a la mesita junto a ella. “Estabas llorando mientras dormías la primera noche que te quedaste aquí. Dando vueltas y arremetiendo como si estuvieras en una pelea o algo así. Luego, cuando gritaste: *“Púdrete en el infierno”* y algunas otras palabras mucho más selectas, supuse que había sucedido algo bastante terrible".

"Oh, señora Roman, ¿por qué no me *dijo* algo?"

"Para ser honesta, no sabía qué pensar". Volvió a mirar al desconocido alto, a quien Julia se había referido como Reuben, vestido con piel de ante y botas negras hasta la pantorrilla, que conducía su caballo hasta la librea. "Lo único que no me gusta es esa pistola suya, la forma en que está enfundada en forma oblicua en su cintura. Clancy a menudo me hablaba de hombres armados que había visto que usaban sus armas de esa manera".

"No es un pistolero", dijo rápidamente Julia, "es un explorador del ejército de los Estados Unidos".

"¿Así es como te encontró? ¿Te localizó?"

La sonrisa de Julia se ensanchó de nuevo, mostrando sus dientes blancos y uniformes. "No. Creo que fue más probable que fuera el telegrama que le envié". Se inclinó y apretó la mano de la señora Roman. "Pensé mucho, la mayoría sobre cómo me ayudó. Decidí que quería seguridad, un período de calma. Creo que él podría darme eso, así que le envié un mensaje".

"Entonces, ¿ya no deseas huir de la matanza?"

Otro apretón antes de que Julia volviera a su bordado. "No intentaré envolver eso en algo que no es. Terminé la vida de ese hombre despreciable por lo que hizo. No estoy orgullosa de eso, pero tampoco no me arrepiento".

"¿A pesar de ser un pecado mortal?"

Julia suspiró, dejó la aguja y estaba a punto de decir algo cuando notó que Reuben Cole salía del establo de la librea. Ella lo vio quitarse el sombrero maltrecho y golpearlo contra su muslo, una pequeña nube de polvo brotando. Mientras se lo volvía a poner, la miró a los ojos y sonrió.

Sin apartar la mirada, continuó hablando con la señora Roman. "Entiendo su punto de vista, lo entiendo. Y sí, podría haber visto a Burroughs balancearse por lo que hizo, pero... Ella sacudió la cabeza. "Estaba consumida... Consumida por mi odio hacia él. Lo planeé hasta el último momento. Lo enganché y lo atraje para que su confianza en mí fuera total. Quería que se diera cuenta, mientras exhalaba su último suspiro, de la profundidad de mi traición y de la enormidad de su error".

"En otras palabras, querías que sufriera".

“De hecho, lo hice. Pero no está en mi naturaleza. Tuve que armarme de valor para llevarlo a cabo hasta el final. No soy una asesina, quería venganza. Contra él y nadie más. Espero que Reuben lo vea se esa misma manera".

"¿Y si no lo hace?"

"Entonces enfrentaré las consecuencias". Sus ojos miraron fijamente a la otra mujer. "Estoy lista, Sra. Roman, no me malinterprete. Hice algo malo y si tengo que enfrentar un juicio, que así sea". Ella enderezó la espalda cuando Cole se acercó.

Ella notó que su sonrisa nunca vaciló.

"Señora Julia", dijo Cole, quitándose el sombrero. Miró a la Sra. Roman e hizo lo mismo: "Señora".

"Buen día, señor Cole", dijo la Sra. Roman. Julia me ha estado contando algo sobre usted. Un explorador del ejército, así que lo entiendo.

"De hecho, lo soy, señora".

Y ha explorado su camino hasta aquí para llevar a Julia de regreso.

"Eso", dijo Cole con sentido, "depende de ella".

Julia dejó su bordado y se quitó algunas manchas imaginarias de polvo de su vestido. "Estoy dispuesta", dijo.

Suspirando, Cole se puso las manos en las caderas y sonrió. Entonces tal vez podría molestarla por un vaso de esa deliciosa limonada. Seguro que hace calor aquí hoy".

Julia le devolvió la sonrisa y fue a levantar la jarra, pero la señora Roman ya estaba allí, riéndose para sí. "Parece que, después de todo, se ha hecho justicia, Julia".

"En efecto", dijo Julia, mirando a la señora Roman llenar el vaso, lamiendo sus labios mientras el fuerte olor de los limones frescos golpeaba la parte posterior de su garganta. Ella le pasó el vaso a Cole.

"Lo hecho, hecho está", dijo Cole, tomando el vaso y vaciándolo de una vez. Chasqueó los labios y miró el vaso vacío con satisfacción. "No podemos dar marcha atrás en el tiempo y no tiene sentido intentarlo".

"¿Y en su informe declarará tal cosa?"

Cole frunció el ceño a la señora Roman. "¿Informe? ¿Cuál informe? Él guiñó un poco con picardía. "Esta no es una visita oficial, señora". Sonrió y miró a Julia durante un buen rato. "Puramente social".

Ambas mujeres se rieron y Cole extendió la mano para pedir otro vaso de limonada.

CAPÍTULO DOCE

El Atraco

El pequeño tamaño de la extensión significó que resultó manejable y con Cole ausente tan a menudo, este hecho era un regalo del cielo. Sí, Julia hubiera preferido más espacio para sus caballos y los dos establos requerían una reparación urgente, pero en general, nada sería demasiado abrumador en los próximos meses. Incluso mientras el invierno se apoderaba, la nieve de las cimas de las montañas invadía hacia abajo para mordisquear los bordes exteriores de los campos, se sentía cómoda y segura.

A veces, si no estaba de servicio, Sterling Roose venía de la ciudad y le hacía compañía. A ella le gustaba Sterling y, ahora que la había perdonado por completo por dejarlo inconsciente cuando ayudó a Burroughs a escapar, eran buenos amigos, compartían historias y se reían con un café recién hecho. Sentía un tirón en su corazón cuando el amigo de Cole anunciaba su partida y se paraba en el porche mirándolo desaparecer en la distancia.

Anteriormente había conocido largos períodos de soledad cuando, casada con su difunto esposo, los negocios lo mantenían alejado, a veces durante semanas. Por supuesto, en ese entonces, ella no sabía qué era ese "negocio", y pasaba su tiempo en actividades tranquilas como leer, bordar y dar largos paseos por su vasto rancho. Así que, a diferencia de ahora, cuando, con las mangas arremangadas, se lavaba y fregaba, arreglaba y reparaba, no había dos días iguales. A veces echaba de menos su vida anterior, la paz, las oportunidades de contemplar, estudiar la sabiduría de las épocas pasadas a través de los muchos libros de la biblioteca, pero la mayor parte del tiempo disfrutaba de su nueva vida. Excepto por una cosa. La ansiedad.

A menudo, Cole entraba en el rancho a última hora de la mañana para anunciar que se habían entregado las órdenes, órdenes que significaban que tendría que marcharse de nuevo. En cualquier mes, estaría explorando al menos cada dos semanas. Por lo general, se trataba de tareas de seguimiento mundanas. A veces, los caballos se liberaban de los establos del ejército, las cercas se pudrían y se atravesaban fácilmente, a veces cazando desertores, de los cuales había muchos. Pero a veces eran asaltantes, ya fueran ex militares descontentos o, lo que era más preocupante, indios. Ella siempre sabía cuándo era esto último, ya que Cole nunca podía ocultarle nada a la cara. Las profundas líneas de preocupación escritas en los pliegues alrededor de sus ojos lo decían todo y ella sentiría los zarcillos de miedo arrastrándose por su espalda una vez más.

Fue durante una de sus muchas ausencias que Julia tomó el carromato hasta la ciudad para recoger provisiones. Ella solía hacer el viaje cada tres meses aproximadamente. Aunque no era un viaje arduo, fue largo y, especialmente con el frío tan profundo, deseó que hubiera otra forma de abastecerse de avena, cebada, café, frijoles y arroz. Pero no fue así. A diferencia de su vida anterior con su esposo, no había sirvientes que la ayudaran. Cole había dejado esto muy claro cuando la invitó por primera vez a su casa. "Mi padre tiene un lugar", le dijo. "Es grande, la casa está bien construida y decorada con un alto nivel, pero yo no soy mi padre. Fuimos por caminos separados y elegí la vida militar. Significa que soy un hombre de escasos recursos. Mi casa es sencilla, pero cómoda, supongo. Crío caballos y me las arreglo para vender uno o dos, pero no hay otros medios y no tengo mucho que ofrecer a una mujer como tú. No te digo esto para disuadirte, Julia, simplemente para presentarte todo, abierta y honestamente".

Ella le había sonreído, sabiendo que las circunstancias no eran perfectas de ninguna manera, pero eran todo lo que tenía. Por ahora. Acariciando su mejilla áspera, le dijo: "Rubén, no estoy buscando un caballero con armadura brillante, solo alguien que me trate bien y que nunca me mienta".

Ruborizándose, miró hacia otro lado. "Bueno, supongo que podría ser yo".

La llevó a la casa de su padre. No para ir de visita, simplemente pararse en la colina que dominaba la extensión, contemplar la casa con el humo saliendo de las chimeneas dobles, sabiendo que estaba ocupada.

"¿Nunca lo visitas?"

Cole se encogió de hombros. "Algunas veces. Tiene su propia vida y lo ha dejado claro, en más de una ocasión, no aprueba mis elecciones. Hizo una fortuna importando especias exóticas y té del este. Como era marinero, se había enrolado como parte de la tripulación en uno de los grandes barcos a vela que partían de San Francisco. Hizo contactos, desarrolló una red y..." Se rio brevemente y agitó la mano sobre las vistas que tenían ante ellos, "Este es el resultado".

"Es muy impresionante, Reuben. Es una maravilla que no lo siguieras en su oficio".

“No tengo ningún interés en eso. Mi vida siempre ha sido la pradera. Quizás, cuando él se haya ido, me mudaré... Quién sabe".

Ahora, moviéndose por la vía principal de la pequeña ciudad, hizo a un lado los recuerdos mientras conducía el carro hacia la gran tienda de mercancías. Detuvo al poni y echó hacia atrás el freno de mano. Volviéndose, recogió su bolsa de tela que contenía su dinero. La calle estaba en silencio, la nieve bien asentada en el suelo y las personas que pasaban arrastrando los pies estaban acurrucadas en el interior de gruesos abrigos, bufandas y sombreros. Con la cabeza baja, nadie la reconoció, no es que tal cosa le preocupara demasiado. Todos tenían sus propios asuntos que atender, no importaba el de ella.

Bajando del vagón, estaba a punto de subir los escalones hacia la puerta de la tienda cuando el inconfundible sonido de una pistola amartillada la detuvo repentinamente.

Una figura, envuelta en un voluminoso abrigo negro, guantes, bufanda y sombrero, emergió de la nada. Hizo un gesto con la pistola en la mano y habló, la voz ahogada detrás del pañuelo que ocultaba la parte inferior de su rostro, un rostro rojo rubí de frío. "Tomaré la bolsa, señorita".

Incapaz de caer en cuenta de gran parte de lo que estaba sucediendo, Julia se derrumbó en los escalones de madera, rígida de miedo, toda su atención centrada en la enorme pistola negra apuntando directamente hacia ella.

"¡Deme la bolsa AHORA!"

Ella saltó, de alguna manera encontrando la fuerza para moverse. Miró a su alrededor, esperando que alguien, cualquiera acudiera en su ayuda, pero meros fantasmas se deslizaban envueltos en el frío. Era como si estuviera sola en un mundo que de repente se volvió brutal e indiferente.

"Ni siquiera piense en gritar, o dispararé a matar".

Ella lo miró, la amenaza clara en sus ojos grises y supo que decía la verdad. Tragando saliva con fuerza, se las arregló para decir: "Solo tengo unos veinte dólares".

"Eso es más que suficiente para mí". Extendió su mano. "Páselos".

Con pocas opciones, Julia tomó la bolsa y se apartó de su agresor por un breve momento. Pero en ese pequeño destello de tiempo, sucedió.

Gritando, se volvió para ver a otro hombre mucho más joven con chaqueta de tweed y pantalones de cordón, luchando con el posible ladrón, golpeándolo, agarrando su pistola y tirándolo al suelo. Observó, con las manos apretadas a la boca, mientras los dos hombres luchaban en la nieve, rodando, pateando, golpeando y arañando. El joven tenía su mano envuelta alrededor de la muñeca del otro, girando el arma, fuera de peligro, mientras repetidamente clavaba su otro puño en las costillas del ladrón.

Le asestó un rodillazo, el ladrón chilló, soltó el arma y el joven se puso de pie, triunfante, respirando con dificultad, ahora con el Colt en la mano.

"Levántate", gruñó el joven. El ladrón, gimiendo, se puso de pie con cierta dificultad. Miró hacia arriba, la bufanda se había caído para revelar una expresión de desconcierto en lo que de otra manera era un rostro hermoso, casi angelical. Sin una pausa, el joven le dio un puñetazo completo y contundente a la mandíbula del otro y lo tiró al suelo donde yacía, inmóvil.

El joven se volvió hacia ella. "¿Está bien, señora?"

Ella miró con incredulidad. Así de cerca, Julia lo reconoció de inmediato, por lo que no podía escapar de quién era.

"Oh mi..." Fue todo lo que pudo decir.

CAPÍTULO TRECE

El Diario de Nolan

Había entablado una especie de amistad con un tipo delgado que se llamaba Sam Caine. Era bastante agradable, con una mata de cabello rubio sobre su rostro terso que le daba un aire juvenil. Podía entender por qué las damas parecían tan atraídas por él. A veces se reía de eso, guiñando un ojo: "Oh, también hay algo más, pero tendrás que adivinar qué". Trabajó duro en el campo y se convirtió en una especie de ritual para nosotros ir a los bordes lejanos del campo para pasar la mañana reparando las cercas. A solas, solo con el cielo y las montañas lejanas como compañía, hablábamos de todo tipo de cosas. Fue durante uno de esos momentos, mientras nos sentamos de espaldas contra un afloramiento rocoso masticando el pan de maíz que la querida señorita Tomkins de la cocina nos hizo, creo que ella sentía algo por Sam, que él me dijo por qué estaba allí.

“Me había metido en malas compañías”, dijo, mirando al vacío como si los recuerdos fueran difíciles de recordar, “y empecé a beber demasiado. Fui a la ciudad una noche. En ese entonces trabajaba para Chisum en uno de sus ranchos. De todos modos, nos pusimos a apostar y beber y estalló una pelea, como solían hacer". Sam cogió un mechón de hierba y se lo puso entre los dientes. Sacudió la cabeza, cada vez más enojado. “Uno de nuestro grupo, un hombre llamado Entwistle, mató a tiros a otro que estaba jugando y eso fue todo. Salimos disparados, pero el pueblo hizo un grupo y..." Arrancó la hierba y la tiró con disgusto. "He estado huyendo desde entonces".

"Pero tú no lo mataste".

"No, pero yo estaba allí, y estaba borracho. Para ser honesto, no podría jurar lo que hice o no hice. Todo lo que recuerdo es que cuando me desperté a la mañana siguiente estábamos en el campo y lo primero que hice fue revisar mi arma. Tenía seis balas en el cilindro, así que..."

Seguimos trabajando después de nuestra pequeña charla y desde ese punto fuimos cercanos. A menudo, los sábados por la noche íbamos a la ciudad y lo pasábamos bien, pero nada en exceso. Shapiro no quería que yo llamara la atención. Pero hablar de que Sam estuvo involucrado en un tiroteo, ya sea deliberadamente o no, me hizo pensar que podía usar su indudable experiencia en un acto rudo y desordenado para ayudarme con Julia.

Entonces, se me ocurrió la idea de sostenerla a ella y a mí, el héroe del momento, yendo a rescatarla. Si Sam se preguntaba a qué estaba conduciendo todo, nunca preguntó. Le di cien dólares para ayudar y eso pareció satisfacerlo más que nada.

Yo también había ido al rancho de Cole, siempre que encontraba el momento adecuado. Naturalmente, tenía que tener cuidado a menos que alguien me viera y se pusiera a hacer preguntas. Pero, hasta donde yo sabía en ese momento, nadie me vio. Me acostaba en la subida que pasaba por alto la pequeña extensión y la miraba durante la mayor parte del día. La veía salir a cuidar los caballos o trabajar en el huerto. De vez en cuando, una persona nerviosa a la que conocía como Sterling Roose visitaba y se quedaba en casa durante mucho tiempo. Me preguntaba sobre eso. Algo me dijo que la vida que estaba llevando Julia no era la que ella quería. Cole, según me confió ella, casi siempre estaba fuera del campo, cumpliendo con sus deberes con el Ejército. Su soledad la había carcomido.

Fue mientras regresaba al rancho después de una de estas visitas que me llamó un gran vaquero llamado Lawrenson. Estaba sonriendo, mostrando un conjunto completo de dientes astillados y ennegrecidos mientras estaba fuera del barracón. Mientras desmontaba, él apenas pudo contener su impaciencia por agarrarme del brazo y hacerme entrar. No había nadie más alrededor. Fue cuando cerró la puerta con cerrojo que supe que algo malo iba a pasar.

"Está bien", dijo asegurando la puerta, de espaldas a mí. "Necesito que me digas a dónde vas todas las tardes". Antes de que pudiera ofrecer una respuesta, se dio la vuelta en un repentino borrón y aterrizó un golpe justo en mi mandíbula que me puso de espaldas.

Con mi cabeza dando vueltas, no tuve tiempo de reaccionar cuando esas manos grandes y fornidas me estaban levantando.

"¿Adónde fuiste?"

Su rodilla se levantó y se estrelló contra mi ingle. El dolor estalló en la parte inferior de mi cuerpo y pensé por un momento horrible que iba a vomitar. Este fue mi único pensamiento, mi mente hecha un lío, y me hundí en sus fuertes manos y lloriqueé. Me golpeó con la mano plana en la cara y siguió con otro puñetazo sólido. Mis piernas se deslizaron debajo de mí y golpeé el piso con tanta fuerza que escuché mis dientes castañetear.

No sé cuánto tiempo estuve allí. El dolor era cegador y mi cara se sentía como si la hubieran pasado por una picadora de carne. Formas y colores extraños bailaron frente a mis ojos, pero aparte de eso, no pude distinguir nada mientras parpadeaba y luchaba por concentrarme. Como si eso no fuera lo suficientemente malo, mientras trataba de ponerme de pie, un gran diluvio de agua ferozmente fría golpeó mi cara, dándome un escozor en la conciencia. Balbuceando, confundido, pero alerta, me di la vuelta y me senté.

El grandullón Lawrenson se apoyó contra la pared del fondo,

con los brazos cruzados sobre su pecho de barril, sonriendo como si hubiera ganado el premio más grande de todos. "Entonces, te he estado observando, chico, y quiero saber a dónde vas. También quiero saber por qué te has vuelto tan amigable con ese chico Caine. Me parece *inusual* y creo que tú y él han encontrado un pequeño y bonito lugar propio en el que se pueden acurrucar muy cerca".

"¿Qué?" Parpadeé, me limpié la boca e incluso logré una pequeña risa burlona. "¿Estás loco?"

"No hay vergüenza en ello, muchacho". Él miró lascivamente. "Pasa todo el tiempo aquí".

"¿Vergüenza de qué?" Me dio un guiño exagerado y sentí que se me revolvía el estómago al darme cuenta del significado. "No, no, a mí no me pasa. Te equivocaste, Lawrenson. Muy mal".

"¿Es cierto?"

"Sí lo es". Fui a ponerme de pie, pero antes de que pudiera levantarme a medias, él estaba sobre mí de nuevo, tomándome del cuello y corriendo por la habitación como si fuera un niño pequeño en su enorme agarre. Me estrelló contra la pared del fondo, golpeando el aire que quedaba en mis pulmones directamente en su cara. Lloré: "Por favor, Lawrenson, no me pegues más".

Riendo ahora, puso su cara grande y grasienta directamente contra mí. "Dime la verdad, pequeño. Dime la verdad o no dejaré de golpearte tanto que ni siquiera tu propia mamá te reconocerá".

"Oh Dios".

Su agarre se apretó. Agarré su enorme antebrazo, pero fue inútil, su fuerza era demasiada. Me iba a matar, eso lo sabía con toda seguridad.

Su boca presionó contra mi oído, "Somos una comunidad temerosa de Dios en este rancho. Sr. Rancine, es un hombre que perdona, pero vive su vida según el Buen Libro y los degenerados no son bienvenidos aquí. Acudí a él con mis preocupaciones y me dijo que averiguara la verdad". Se apretó aún más. "La verdad".

"Por favor, no es cierto lo que piensas".

La presión de sus dedos se alivió un poco, lo que me permitió hablar más fácilmente. "¿Quieres que piense que tú y él no han tenido ninguna...? ¿Relación?"

"Yo..." Tragué. Sabía que solo había una forma de salir con vida, una forma de darme una ventaja. Entonces, mentí. Respiré hondo y dije, lo más débilmente posible: "Está bien. Es cierto..."

"Lo sabía".

Pero si esperaba una erupción de ira, estaba equivocado. En cambio, soltó su agarre alrededor de mi garganta, dio un paso atrás medio paso, una curiosa suavidad apareció alrededor de sus ojos. "Tú y él, ¿sois amantes?"

Asentí con la cabeza, apartando mis ojos de los suyos. "Lo siento. Sé que está mal, pero aquí, como dices, es difícil, difícil seguir un camino natural".

"Maldita sea". Se lamió los labios, la vista casi me hizo vomitar, esta vez de verdad. "Solo sabía que era verdad. Simplemente lo sabía".

¿Se lo dirás al señor Rancine? Necesito este trabajo, Lawrenson, de verdad lo necesito".

"No le diré, no".

"Gracias".

"Pero solo si haces algo por mí". Se inclinó más cerca de nuevo, sus labios flojos, esa gran lengua colgando. "Quiero que te acerques a mí, como lo haces con Caine".

Entonces todo sucedió muy rápido. Incluso con el ardor que continuaba extendiéndose por mis lomos, con la cabeza llena de algodón, este hombre horrible y repugnante con su mente repugnante, todo se rompió. Mi cuchillo estaba en mis manos antes de que supiera lo que estaba pasando y se lo clavé con todas mis fuerzas. Jadeando, miró la hoja con horror. Aprovechando mi oportunidad, lo apuñalé de nuevo, no una, sino varias veces hasta que se derrumbó en el suelo, retorciéndose de agonía e incredulidad. La sangre hizo espuma y gorgoteó de su boca repugnante.

Me paré y lo miré, mi mano y mi brazo cubiertos por él y miré su rostro gordo y quise reír.

Y luego murió.

Unos momentos después, no estoy seguro de cuántos, salí a trompicones al aire libre. Manteniéndome firme contra la pared exterior de la barraca, hice lo que pude para sentarme. Sí, he matado antes, pero estar tan cerca, olerlo, presenciar la vida morir en sus ojos, nada podría prepararme para el horror de eso.

Me aseguré de que nadie me viera cuando me acerqué a Sam Caine. Estaba en el pequeño taller al lado de la librea, arreglando sillas de montar, estribos y esas cosas. Me dio una sonrisa rápida mientras me acurrucaba a su lado.

"Parece que ha estado trabajando duro", dijo. "Eso es mucha sangre. ¿Qué has estado haciendo, pariendo?

"Sí, lo he hecho", mentí. "Te puedo preguntar; ¿conoces a Lawrenson?"

"Uf", dio un pequeño escalofrío que esperaba que significara que estaba tan lleno de disgusto al pensar en ese trozo de manteca de cerdo como yo. Se demostró que tenía razón. "Lo odio, siempre mirándome lascivamente. Creo que no es un mujeriego, si entiendes lo que quiero decir".

"Hago. Y puedo agregar, solo como un pequeño *hors d'oeuvre*... Me lanzó una mirada de desconcierto. "Es *entremés* en francés".

"¿Tú puedes hablar francés?" sacudió la cabeza con asombro y volvió a quitar las costuras alrededor del pomo de la silla en la que estaba trabajando.

"Puedo hablar muchas cosas. Mi mamá era criolla".

"Me estás tomando el pelo".

"Sí".

Él se rio. "Estás loco, y lo sabes. Entonces, Lawrenson. ¿Qué ha hecho?"

"Nada. Es lo que le he hecho".

Entonces, le dije y mientras hablaba, Caine se puso más y más pálido hasta que pensé que se iba a desmayar. Lo ayudé a guardar sus herramientas, lo que le dio algo que hacer y, con suerte, calmarlo un poco. Juntos, luego regresamos al barracón. Ya había enrollado el gran ponche de vaca en un gris pardo y ahora empezamos a trabajar duro y rápido. Lo llevamos al lugar donde dejamos los caballos y lo atamos en la parte trasera del mío. Lawrenson era grande y pesado, y nos costó mucho esfuerzo, pero al fin lo tuvimos asegurado. Escaneamos todos los ángulos, pero no había nadie alrededor. El sol, alto en el cielo, golpeaba fuerte, a pesar de que el invierno estaba aquí. La mayoría de los vaqueros saldrían con la manada, así que prácticamente teníamos tiempo para nosotros. Por fin, cuando terminó el trabajo de los osos pardos, cruzamos el rancho hasta más allá de las vallas lejanas. Pusimos a Lawrenson en el lecho de un río seco a unas cuatro millas del rancho principal, cubriéndolo con grandes rocas y matorrales. Nadie lo encontraría a menos que lo estuvieran buscando.

Nos quedamos allí, con las manos en las caderas, respirando con dificultad. Un intercambio de miradas, pero sin palabras. Supuse que era más de lo que Lawrenson merecía.

Más tarde, nos sentamos a los caballetes fuera del barracón e hicimos todo lo posible por tragarnos la cena. Nadie nos habló. Alrededor de quince de nosotros estábamos allí, con la cabeza gacha, el cocinero, un mexicano llamado Felipe, sirviendo cucharadas de cartílago y salsa. Se veía vil y sabía peor.

"¿Que vas a hacer ahora?" susurró Caine. Verifiqué que nadie más estaba cerca, me incliné hacia él y expuse mi plan, agradable, lento y silencioso. Tenía que fingir que sujetaba a Julia y yo le daría un puñetazo, no con fuerza. Le prometí eso. Su expresión decía que no me creía. "Tal vez aproveches la oportunidad para descargar todo tu odio y enojo sobre mí. Patéame de aquí al Kingdom Come".

"No seas tonto". Le di un guiño. "Eres mi único amigo".

"Esperemos eso".

No hice ningún comentario, decidiendo volver a mi comida. Sería mi última en el rancho porque al día siguiente nos prepararíamos para encontrarnos con Julia. La había estado observando y conocía su rutina. Mañana era su escala semanal en la tienda de mercancías de la ciudad. Todo estaba arreglado y nada podía salir mal. Nada.

Fue cuando nos preparábamos para ir a la cama cuando ocurrió el problema inesperado. La puerta del barracón se abrió de golpe y entró el señor Rancine respirando con dificultad, flanqueado por dos de sus principales jefes de pista. Todos parecían malos, vestidos con largos plumeros, armas atadas, sombreros que los hacían parecer más grandes de lo que realmente eran, lo cual era parte del acto, supongo.

"¿Han visto a Lawrenson, muchachos?"

Éramos seis en ese barracón, incluyéndonos a Caine y a mí, cada uno de nosotros en diferentes etapas de desnudez y, mientras los ojos de Rancine vagaban sobre nosotros, su expresión se convirtió en una de disgusto.

"Hablen", escupió, aprovechando al máximo al dejar que su mano derecha descansara sobre la culata de su Colt con mango de marfil.

"No lo he visto desde esta mañana", dijo un pequeño chorrito apresurado llamado Harrowby.

"Ni yo", dijeron los otros en rápida sucesión.

"¿Por qué, señor Rancine?", dijo Caine y casi me atraganté mientras trataba de no mirarlo, "¿qué ha pasado?"

"Ha desaparecido", dijo Perryman, uno de los jefes de pista. "¿Estás seguro de que no lo has visto?" Me miró a los ojos. "Se dice que tú y él fueron un poco amistosos".

"Yo no diría eso, señor Perryman".

"Entonces, ¿qué dirías, chico?" Los ojos de Rancine se entrecerraron peligrosamente, y sentí que me ahogaba bajo su mirada dura.

"No soy su amigo" logré decir.

"Otros te han visto a ti y a él hablando, a veces de forma muy íntima".

"No señor. No de una manera amistosa. Al señor Lawrenson nunca le caí bien, señor. Siempre haciéndome hacer tareas y cosas extra, sin permitirme nunca acercarme a los novillos. A menudo se reía de mí, de la forma en que montaba, decía que necesitaba lecciones".

"Entonces, ¿dónde está?"

"Señor Rancine, señor, sinceramente, no lo sé. La última vez que lo vi, como dijo Harrowby, fue esta mañana".

"¿Estás seguro?"

"Lo juro, señor."

"Porque otros han dicho que lo vieron dirigirse hacia aquí el mediodía. ¿Dónde estabas al mediodía?"

"Estaba en el otro extremo, señor, como siempre, remendando vallas, reemplazando postes".

"¿Alguien puede respaldarte en eso?"

"Yo puedo, señor Rancine", dijo Caine. "Regresamos a la hora de la cena, después de haber trabajado allí la mayor parte del día".

Todos se quedaron mirando, mordiéndose los labios o moviendo los dedos alrededor de sus armas. Parecían estar midiendo todo lo que habíamos dicho, y les tomó mucho tiempo.

"Está bien", dijo Rancine por fin y, lanzándonos una última mirada de disgusto, salió volando con los jefes del sendero detrás de ellos.

Nos sentamos en la penumbra, la única luz de una pequeña lámpara de aceite en la esquina proyectaba una luz débil y enfermiza que hacía que todo pareciera espeluznante y un poco irreal.

"Todos sabemos que tenía deseos", dijo Harrowby desde su cama. "Que eran antinaturales".

"No lo sabría", dije.

"Podría ser una razón".

"¿Razón para qué?"

"De por qué ha desaparecido".

"No te entiendo".

"Oh, ya sabes... Quizás pensó que sabías cómo estaba, y decidió soltarse antes de que el Sr. Rancine lo confrontara. El señor Rancine, le gusta mucho esa vieja forma bíblica de los castigos. Creo que si hubiera pruebas reales sobre Lawrenson, el señor Rancine lo colgaría. ¿Qué dices a eso?"

"Yo diría que podrías tener razón, pero también diría que no tuve nada que ver con eso. Nunca me habló de esas cosas. Tal vez para ti, Harrowby, ya que pareces saber muchísimo al respecto".

Estaba medio levantado de la cama. Incluso en la penumbra pude verlo venir hacia mí, con los puños apretados, "¿Por qué tú...?"

Pero yo estuve allí primero, y le di un fuerte puñetazo en la mandíbula, volviéndome a tirar sobre la cama. Golpeó el borde con la parte baja de la espalda y se lanzó de costado al suelo, chillando. Uno de los otros fue a ponerse de pie y Caine los detuvo en seco mientras sacaba su arma. "Sólo déjenlo, muchachos", dijo en esa forma tranquila e inquietante suya. Todos hicieron lo que él pidió y cuando Harrowby luchó por ponerse de rodillas, le puse una izquierda en la cara y eso fue todo.

A partir de ese momento, ambos supimos que ya no podíamos quedarnos allí, no importaba la razón.

CAPÍTULO CATORCE

Julia

La ayudó a sentarse en una silla en la pequeña tienda de té de la esquina. Ella estaba temblando y pidió té.

"¿Ella está bien?" preguntó la mesera marchita, una dama de cabello blanco y edad indeterminada, que revoloteaba ansiosa a su alrededor.

"Ella lo estará", dijo y se inclinó para mirarla.

Julia levantó los ojos y una sonrisa fugaz cruzó su rostro. Afuera, el aspirante a asaltante ya se había hecho escaso. "Deberíamos informar al sheriff", dijo con voz cansada y asustada.

"Creo que lo reconocí".

Ella arqueó las cejas. "¿Oh? ¿Quién es él?"

"Uno de los vaqueros del rancho Rancine. De nombre Harrowby".

"Entonces al menos podemos hacer que el sheriff siga adelante y lo enfrente".

"Sí, podríamos, pero me fui de allí ahora. Trabajaba para ellos y necesitaba el trabajo, pero sus métodos, bueno, no son tan cómodos para un chico joven e ignorante como yo". Él sonrió.

"No eres tan ignorante, Trooper".

Se echó hacia atrás, la sonrisa aún era evidente. "Entonces, ¿se acuerda de mí, señorita Julia?"

"Claro que sí". Hizo una pausa cuando llegó el té. La taza repiqueteó contra el platillo cuando la mano temblorosa de la anciana la colocó sobre la mesa. Julia sonrió. "Gracias". Tomó un sorbo antes de fijar su mirada en el hombre de enfrente. "Estabas allí cuando arrestaron al sargento Burroughs y más tarde cuando escapó".

"Mi recuerdo es que fue usted quien lo ayudó a escapar".

"Bueno, supongo que ambos tenemos nuestras razones por las que nos escapamos". Tomó otro trago, volvió a colocar la taza y la estudió durante un rato. "Y ahora has vuelto".

"¡Justo a tiempo!"

"Sí. Eso parece. ¿Sabe Reuben Cole que has vuelto?"

Sus ojos parpadearon, traicionando algo. ¿Miedo, nerviosismo? Ella no podía decirlo, pero había algo que lo hacía sentir incómodo.

"No tienes que preocuparte", continuó, "Cole tiene peces mucho más grandes que pescar. En este momento, está buscando algunos Apaches que se han escapado".

"Trabajo peligroso".

"De hecho, lo es, señor Nolan".

Contuvo el aliento y se sentó hacia atrás, con los brazos cruzados sobre el pecho. "Ya no me llamo con ese nombre. Es otra parte de mí que prefiero dejar atrás".

"Como le dije, yo no me preocuparía por Cole".

"No soy. Para ser honesto, es ese otro explorador que dejé de lado el que más me preocupa. Sterling Roose".

"¿Sterling? Sterling es un buen hombre, honesto, franco. Él busca ser el sheriff de esta ciudad, por lo que tal vez sea alguien de quien deba mantenerse alejado". Terminando su té con un fuerte chasquido de labios, lo estudió, buscando una nueva reacción. "Todo lo que sucedió en ese entonces está prácticamente hecho y desempolvado, señor Nolan. Ambos cometimos errores, cosas de las que nos arrepentimos. Ya no tenemos que mencionarlo".

"¿Se refiere al pasado?"

Ella asintió. "Estoy en deuda con usted por lo que hizo hoy, así que si hay algo que pueda hacer a cambio..."

Allí lo dejó, la invitación, esperando a que saltara. Luego se tomó su tiempo lentamente, sus brazos se desplegaron, los hombros se relajaron y su propia sonrisa se desarrolló. "Para ser honesto, hay algo..."

"Lo mismo pensé".

Lentamente, le dijo, y ella escuchó y lo que él le ofreció le pareció perfectamente bien. La extensión requería una mano de obra, alguien que la arreglara, cuidara de los caballos, arreglara el techo del viejo granero, la lista era larga. Y él podría ser el indicado, siempre que Cole no se enterara. O Roose. ¡Dios los ayude a todos si Roose se llegara a enterar!

"Está bien", dijo Julia, tomando su decisión rápidamente. "Lo que sea que pasó en el pasado, tiene poca relación con la forma en que me ayudó hoy, señor Nolan. ¿Cuándo puede empezar?"

Se adelantó, radiante, "¿Qué le parece esta tarde?"

CAPÍTULO QUINCE

El Rancho

Con su caballo enganchado a la parte trasera del pequeño coche, Nolan se sentó junto a Julia e hizo todo lo posible por parecer relajado. En el interior era un revoltijo de nervios, desviando sus ojos de cada mirada inquisitiva. No fue hasta que estuvieron bien alejados de la ciudad que se permitió un largo suspiro y se dedicó a estudiar el campo circundante.

"No lo vi", dijo Julia sin volverse, con los ojos fijos al frente.

"¿Disculpe?"

"El hombre que me atacó. Casi esperaba verlo todavía tirado en la calle. ¿A dónde crees que escapó?"

"En cualquier lugar, supongo. Lo más lejos posible de aquí".

"¿Cómo puedes estar tan seguro?"

Encogiéndose de hombros, Nolan frunció la boca antes de darle una palmadita al Colt en la cadera. "No sería tan estúpido como para intentar algo así de nuevo".

"No me pareció del tipo asustado".

"Estará más que asustado si se atreve a mostrar su rostro de nuevo, se lo puedo garantizar".

"Creo que habría sido mejor informarlo al sheriff".

Se volvió y por un momento, su mano se posó en su rodilla. Antes de que pudiera reaccionar, él se retiró y suspiró. "¿Qué podría hacer el sheriff? ¿Enviar una pandilla?" Sacudió la cabeza. "No tendría tiempo ni ganas, créame".

Nada más pasó entre ellos hasta que Julia condujo el coche por la última curva, la vista se extendió ante ellos, el pequeño rancho de Cole en medio de campos ondulados, algunos rodeados por cercas blancas. En la distancia, las montañas formaban una barrera natural para lo que fuera que se encontrase más allá. Los Territorios aún desconocidos, vastos, inestables en su mayor parte, pero un área a punto de ser cruzada con el ferrocarril, abriendo América al mundo.

"Roose habló de los problemas en el norte", dijo, al tiempo que conducía el coche por la suave pendiente que era el último tramo del viaje hacia el rancho. "Las tribus se resisten a los llamados para enviarlas a las reservas".

"Eso es todo una tontería", dijo Nolan. "No tiene nada que ver con las reservas".

"¿Oh? ¿Estás diciendo que Roose se ha equivocado?"

"Quizá equivocado. Vendió la mentira".

"¿Mentira? ¿La mentira de quién?

"Del gobierno. Se ha encontrado oro en Black Hills, y esa es tierra indígena. Los Sioux lo poseen, pero cada vez más buscadores y similares están invadiendo lo que esos indios consideran sagrado. Pero a los blancos no les importa eso, lo único que les importa es el oro".

"¿Crees que habrá problemas?"

"Si el ejército decide entrar y proteger a esos mismos buscadores, entonces chocarán con los Sioux".

"Quizás el Ejército no decida hacer tal cosa".

"Cuando se trata de oro, el gobierno de Los Estados Unidos querrá su parte".

"¿Crees que esto puede tener un impacto en nosotros aquí abajo?"

Está tan lejos que creo que todos podemos estar tranquilos, a menos que, por supuesto, copien lo que le hicieron a los Comanches y Kiowa. Entonces podría haber problemas".

"¿Y los Apaches? Cole está rastreando a unos Apaches en este momento".

"Los Apaches son diferentes, tienden a viajar en grupos pequeños. Y luchan de diferentes formas. Incursiones, incendios, saqueos y emboscadas. Mucho de eso".

Una sombra cayó sobre el rostro de Julia, su rostro cansado, incluso demacrado. Nolan la estudió pero no habló. Tuvo que luchar duro para evitar sonreír.

CAPÍTULO DIECISÉIS

Cole

Moviéndose a través de las rocas revueltas, Cole se mantuvo agachado, arrastrándose hacia adelante sin hacer ruido. Había rodeado el lugar donde estaba sentado el Apache en el otro extremo, prácticamente enterrado entre las rocas. Desde donde se encontraba ahora, Cole tenía una línea de visión perfecta. Levantó el Henry y entrecerró los ojos a lo largo del cañón. Un tiro fácil. En un abrir y cerrar de ojos, los Apaches estarían muertos, y luego todos podrían regresar al fuerte, lamiendo sus heridas y tal vez aprendiendo mucho de sus errores.

Pero Cole no apretó el gatillo. Permaneció en su posición durante largos y agonizantes minutos, mientras en el interior debatía consigo mismo qué era lo mejor que podía hacer. El Apache era joven, astuto, no tenía más culpa del estallido de violencia que cualquier otra persona, incluidos los colonos blancos. Quizás una muestra de misericordia persuadiría a los Apaches de que se rindieran, tal vez incluso desaparecieran en las llanuras interminables, se mudaran más al sur hacia México. Era un riesgo. No todos los Apaches eran del tipo indulgente, pero quizás este, siendo tan joven, podría considerar el gesto de Cole como una oportunidad para comenzar de nuevo. Forjar una nueva vida. Una sin violencia.

Cole se puso de pie y se acercó más, el Henry con la cadera en alto, el cuerpo tenso como un resorte, listo para entrar en acción si surgía la necesidad.

La mayoría no podía superar a un Apache, y mucho menos moverse detrás de uno sin ser escuchado. Cole, a diferencia de otros exploradores, había perfeccionado sus habilidades en un alto grado y, en muchos sentidos, era más experto en tácticas de guerrilla que las que seguía. Toda una vida en las llanuras lo había equipado con un conjunto de habilidades que superaba a casi todos los demás. Ahora, de pie a unos diez pies detrás del joven guerrero, se detuvo, volvió a acercar al Henry a los ojos y dijo con calma: "No te muevas, muchacho".

La única reacción del Apache fue un leve encogimiento de hombros, una resignación de derrota. Lentamente, volvió la cabeza y sus ojos oscuros se encontraron con los de Cole. Los dos se miraron el uno al otro.

"Todo lo que te pido es que dejes tu rifle y te vayas. Solo te mataré si haces algún movimiento repentino".

Entonces sucedió algo extraordinario. El rostro del Apache se iluminó con una amplia sonrisa. "Tú eres El Que Viene. Es un honor que me mates".

"¿Pero quién lo sabría?"

Esto pareció provocar al joven indio un destello de duda. Su rostro se arrugó en un ceño fruncido. El asintió. "¿Mis amigos están muertos?"

"Todos ellos".

"Y ahora también me uniré a ellos".

"Solo si eso es lo que estás buscando. Tienes una opción".

"¿La tengo? ¿Me perdonarás?

"Si te vas, deja este lugar, dirígete hacia el sur. No vuelvas nunca más".

"¿Eso es todo?"

"Eso es todo".

Considerando sus opciones y dándose cuenta de que no tenía ninguna, el joven Apache bajó la mirada, colocó su rifle en el suelo y se puso de pie. “¿Qué hay de tus otros amigos? Me buscarían hasta matarme".

Cole hizo un gesto con su propia pistola. "Diré que cuando llegué al lugar donde estabas, ya te habías ido. Nadie te seguirá".

"¿Por qué haces esto?"

"Porque estoy harto de eso. El asesinato. He perdido la cuenta de cuántos hombres he enterrado. Es hora de que me dé la vuelta... Pero si me enojas, te agregaré a mi cuenta".

Una leve sonrisa. “No te cruzaré, El Que Viene. Te celebraré con todos los que conozca".

"Sí, bueno, asegúrate de hacerlo en el camino hacia México".

Cole regresó con el resto de los soldados, con el corazón apesadumbrado, sin saber si su decisión había sido la correcta. El Apache había sido indirectamente responsable de la muerte de demasiados, incluido el joven Vance. ¿Se había hecho justicia con lo que había hecho Cole? Sabía que era una apuesta. Que los Apaches pudieran continuar con su juerga de violencia y causar estragos y desesperación a muchos más. Familias. Prospectos. Colonos. Incluso soldados. O, como realmente creía, el indio aprovecharía la oportunidad, se alejaría de la violencia y desaparecería en un mundo que fuera lo suficientemente grande para todos.

Los muertos fueron colocados en dos ordenadas filas. Soldados de tropa formando una, los Apaches la otra. De pie entre ellos estaba el Capitán Fleming, con las manos en las caderas, desamparado, absorto en sus pensamientos. Apenas se movió cuando Cole se acercó.

"¿Alguna cosa?"

"Se había ido".

Un leve giro de cabeza. "¿No lo rastreaste?"

"Es un Apache, a pie. En esa inmensidad del país, podría estar en cualquier parte. Podría haber ido tras él, pero sin garantías de que volvería".

"¿Es así de bueno?"

"Es un Apache."

Gruñendo, Fleming volvió a estudiar los cuerpos. "Hemos perdido demasiados buenos hombres aquí hoy, Cole. Debería haberte escuchado".

Los ojos de Cole se posaron en el cadáver de Vance y no pudo hacer nada para evitar el temblor de su voz mientras hablaba: "Todos hemos cometido errores de los que viviremos para lamentarnos, Capitán. Empaquemos y regresemos al fuerte".

"Habrá una consulta".

"Y no encontrarán nada que ponga en duda su mando, créame".

"Tú mismo dijiste que debería..."

Cole puso su mano sobre el brazo de Fleming. "Creo que ya nos han castigado lo suficiente, ¿eh?" Sus ojos se encontraron de nuevo y en ese momento, algo pasó entre ellos. Una admisión silenciosa de errores, de la necesidad de perdón.

"Renuncio a mi mando", dijo el capitán, su voz extrañamente distante, sus pensamientos en otra parte.

Cole retiró su mano del brazo del oficial y no hizo comentario alguno. Las palabras del capitán hicieron eco de sus propios sentimientos. El horror de los momentos recientes les había hecho ver a ambos cómo la violencia no logra nada, excepto más violencia. Un círculo vicioso que tenía que romperse para que esta tierra se convirtiera en un lugar de prosperidad y esperanza.

Después de que los cuerpos de los soldados fueron envueltos en caballos y los de los apaches quemados, los sobrevivientes hicieron su incómodo camino de regreso al fuerte, todos ellos sumidos en sus pensamientos, todos derrotados por la pérdida de compañeros y la comprensión de que nada había sido ganado.

CAPÍTULO DIECISIETE

Roose

"Haré lo que pueda", dijo el sheriff Perdew, de pie en el porche, mirando a la calle mientras la gente del pueblo pasaba tranquilamente. Junto a él, Roose fumaba tranquilamente un cigarrillo. "Su historial le será de gran utilidad, Sterling, y debo decir que me siento aliviado. Encontrar agentes de la ley aquí es casi imposible y hay muchas ciudades que no tienen a nadie para hacer cumplir la ley. Creo que le irá bien y respaldaré su solicitud sin reservas".

Te estoy agradecido, Nathan. Realmente lo estoy. No he tomado esta decisión fácilmente, pero creo que es la correcta. He tenido la barriga llena de cabalgar por la cordillera, cazando gente durante semanas interminables. Mi trabajo para el ejército es como explorador, pero con demasiada frecuencia he necesitado disparar mi arma. Si voy a hacer eso, prefiero hacerlo por las razones correctas. Cole y yo, ambos hemos visto demasiados asesinatos y sin ninguna razón terrenal. Necesito saber que estoy haciendo algo de servicio, de bien".

"Bueno, eso es muy alto, Sterling. No estoy seguro de si este trabajo le proporcionará tales cosas, pero es un trabajo que debe hacerse y hacerlo bien. Tenemos la suerte de que no tenemos ladrones y sinvergüenzas infiltrándose en las vidas de la gente buena de aquí. En las afueras ha habido algunos, como sabéis, pero este pueblo es bueno. La pelea ocasional de borrachos un sábado por la noche, tal vez una esposa en el lado receptor del puño cobarde de algún bruto, delitos menores, robo de los fondos de la iglesia, burladores de la confianza que venden acciones sin valor a gente vieja y confundida. Todo lo habitual, pero nada grave. Querido Dios, es posible que incluso te aburras, Sterling".

"Aburrido es exactamente lo que me gustaría, Nathan".

El sheriff respiró hondo, infló el pecho, lo contuvo y luego lo soltó larga y lentamente. "Debo decir que mi esposa estará muy complacida. Ella siempre está parloteando sobre que yo pueda trabajar en la casa, arreglar el lugar y todo. Creo que mi retiro de la aplicación de la ley no será el viaje suave que esperaba".

"El tiempo con los seres queridos es lo más importante de todo, Nathan".

"Pero no tienes familia propia, ¿verdad Sterling? Nunca te has establecido".

"Nunca he encontrado a la mujer adecuada". Sintió que el calor subía por debajo de su cuello, porque, por supuesto, *había* encontrado a la mujer adecuada. Era simplemente que ella aún no lo sabía.

"Tal vez ser el hombre más importante de esta ciudad te atraiga la atención que deseas".

Sterling se rio. Bien podría serlo o no. De cualquier manera, si las cosas salían como esperaba, podría encontrarse compartiendo una vida con alguien antes de lo que nadie, incluido Nathan, esperaría.

Eso también incluía a Cole.

Aproximadamente una hora - y dos whiskies cada uno - más tarde, una pequeña dama algo despeinada y nerviosa con el pelo blanco y manos diminutas y marchitas, irrumpió en la oficina del sheriff. Dejando escapar un aluvión de palabras incomprensibles,

Nathan hizo todo lo posible por calmarla mientras Roose miraba, un poco desconcertado.

"Sólo cálmese, querida señora", dijo Nathan, lanzando un guiño rápido hacia Roose. "¿Quiere que le traiga algo? ¿Té, Café?"

"Sheriff", dijo sin aliento, "soy dueña de mi propia tienda de té, así que no tengo el hábito de beber de otras personas".

"No, por supuesto que no lo necesita". Él acercó otra silla y se inclinó hacia ella, "Así que dígame qué es todo esto..."

"Fui testigo de todo. Pensé que podría venir directamente y decírselo, para que pudiera aprehender a ese villano, pero no estoy del todo segura... No del todo segura..."

"Lo siento, si pudiera..."

"¡Nunca se lava las orejas, sheriff! ¡Le dije! Un villano, amenazándola con su arma y ese otro joven, derribándolo, salvando el día. ¿Por qué usted no lo sabe?"

"Porque ahora es cuando usted lo está diciendo".

"Quiere decir..." Ella miró a Roose, desconcertada y confundida. "Debo decir que habría pensado... ¿Ella no vino a decírselo?"

"¿Quién no vino a decirnos qué?" Preguntó Roose con tanta calma como pudo. No tenía sentido molestarla más de lo que ya estaba.

"¿Quién? La señorita Julia, por supuesto.

Roose se levantó de la silla en un abrir y cerrar de ojos, acercándose a la anciana, con el cuerpo tenso, sabiendo que esto iba a ser una mala noticia. "¿Señorita Julia? ¿Qué quiere decir? ¿Qué pasó?"

"Ella estaba en su carruaje, acababa de bajar a comprar algunos artículos en la tienda de abasto, como siempre lo hace en este día. Este villano, debe haber intentado robarla, pero no estoy segura porque solo miré hacia afuera una vez que comenzó la conmoción".

"¿Conmoción?"

"Pues, sí. Este joven, como digo, la ayudó. Probablemente le salvó la vida, no debería extrañarme. Dejó a este ladrón, pateó a este ladrón en su trasero, luego la llevó a mi tienda para calmarla. Era un tipo agradable, y la señorita Julia, bueno, pude ver lo agradecida que estaba. Le hizo brillar, no debería extrañarme".

"¿Quién era él?"

"No tengo idea. Rostro joven, bueno, abierto y honesto, pero mi Dios, estaba como un infierno sobre ruedas cuando puso ese otro en el suelo". Ella miró de uno a otro. "¿Por qué no ha venido a denunciarlo? ¿Y él? ¿El ladrón dónde está?"

El sheriff se echó hacia atrás, sacudiendo la cabeza. "Eso es algo que me gustaría saber".

"Pero, la señorita Julia, ¿está a salvo? ¿No sufrió daño alguno?"

"Ella parecía que no. La última vez que la vi se estaba subiendo a su coche con ese simpático joven a su lado".

"¿Regresando a su casa?" Preguntó el sheriff.

"Ese es el lugar de Cole", espetó Roose, enderezándose. "¿Y no tiene idea de dónde fue este otro tipo, el atacante?"

"No señor. Eso es lo que me hizo venir. Se había ido y supuse que estaba aquí, en la cárcel. Pero puedo ver que no está".

"Entonces, ¿dónde está?" Preguntó Nathan.

"No lo sé".

"Parece que tienes que hacer un seguimiento, Sterling, a pesar de lo que dijiste".

"Sí, pero primero voy a ver cómo está Julia".

"¿Crees que algo anda mal?"

"No estoy seguro. Pero tengo la intención de averiguarlo".

CAPÍTULO DIECIOCHO

Julia y Nolan

Estaban rodeando la extensión, Julia señalando lo que había que hacer y cuando regresaron con los caballos en su prado, se inclinaron sobre la parte superior de la cerca y miraron a esos hermosos animales, ambos perdidos en sus pensamientos.

"Son animales de aspecto hermoso", dijo Nolan, sin apartar los ojos de los caballos mientras relinchaban y jugaban entre ellos.

"Creo que Cole invirtió la mayor parte de sus ahorros en comprarlos. Está pensando en montar un centro de cría y venderle caballos al ejército".

"Eso puede ser rentable", dijo Nolan. "Sé que eso era lo que Rancine esperaba hacer, entre otras cosas".

"¿No cree que volverá con él?"

Le vino a la mente una imagen del cuerpo hinchado y muerto de Lawrenson, cómo las rocas golpeaban su vientre hinchado mientras yacía en esa zanja, y se estremeció. "¡No gracias! Mis días de trabajar para ese miserable y viejo picapleitos han terminado. Trabajaré para usted si usted me contrata".

Se volvió hacia ella y ella rápidamente desvió la mirada, con las mejillas enrojecidas. Regresó a los caballos y sonrió.

"Nunca sé cuándo estará Cole aquí", dijo distante. "Siempre

está buscando al Ejército y viviendo aquí, tan solo y aislado, tan lejos de la ciudad, tengo que admitir que me asusto".

"Estoy seguro de que está a salvo".

"Quizás, pero aun así, en una noche fría y cristalina escucho a los coyotes aullar y desearía que hubiera alguien conmigo".

"Bueno, tiene a Cole".

"Cole no es de los que se establecen. Ha sido amable conmigo, no puedo discutir sobre eso, pero no es el más *cariñoso* de los hombres, si entiende lo que quiero decir".

"Creo que la entiendo". Se volvió y se apoyó contra la valla. Se quedó mirando la cabaña de troncos, un resplandor amarillo se filtraba por la puerta abierta. Un lugar para establecerse eso era seguro. "Me parece que es un hombre que no aprecia lo que tiene".

"Podría tener razón. A menudo pasa tiempo en la casa de su padre. Vaya, esa es una casa impresionante, pero hay algo entre ellos, una distancia que impide que Cole se mude. Es un espíritu inquieto. Quizás por eso es explorador".

"He oído que es un hombre peligroso".

"Oh, sí, sí que lo es".

"Y su compañero, ¿qué hay de él?"

"¿Compañero? ¿Se refieres a Sterling? Nolan asintió con la cabeza, con cuidado de no estar demasiado ansioso. "Viene de vez en cuando. Sterling no se parece en nada a Cole. Es cálido, de buen corazón, siempre pregunta cómo estoy, si hay algo que pueda hacer para ayudar".

"¿Quizás está un poco enamorado de usted?"

Ese enrojecimiento se hizo más profundo. "Señor Nolan, usted no debería ser tan entrometido. Sterling Roose es un caballero y nunca..."

"Le pido disculpas, señorita Julia", dijo rápidamente Nolan, empujándose fuera de la cerca para mirarla con ojos profundos y sinceros, "la he insultado y esa no era mi intención. Por favor perdóneme".

"No hay nada malo entre Sterling y yo. Nada en absoluto".

"No, no, claro que no. No quise decir... Mire, déjeme acompañarla a casa, asegurarme de que está a salvo y luego me marcharé".

"No es necesario. Es solo que estoy... Viviendo aquí..." Ella apartó un mechón rebelde de cabello. "Puede ser tan solitario. Sterling es amable, pero nunca lo haría... Cole y él se remontan a años atrás".

"Sí, entiendo".

"Quizás cuando sea el momento de seguir adelante... Pero eso es una ilusión".

"¿Es eso? ¿Tiene planes de seguir adelante?"

"Cole ha dejado en claro que no quiere una relación. Solo me estaba dando un refugio seguro. Fueron sus palabras, no las mías".

"Ya veo".

"¿De verdad?"

"Esperas que cuando finalmente sigas adelante, Sterling te acompañe. ¿No es así?"

"Quizás".

Se quedaron en silencio hasta que, inesperadamente, Julia dio un profundo suspiro, entrelazó su brazo con el de Nolan y lo invitó de regreso a la cabaña.

"Te prepararé la cena", dijo.

"Me gustaría eso".

Él sonrió, pero la sonrisa externa no era tan grande como la enorme que se desarrollaba en el interior.

Algún tiempo después, con el sol comenzando a ponerse bajo el horizonte, Nolan partió hacia la ciudad de Paradise. Las cosas iban bien, ahora todo lo que tenía que hacer era saldar su cuenta con Caine. Sin embargo, un buen amigo, Caine no tenía cabida en sus planes. A Shapiro no le agradaría que un forastero estuviera al tanto del robo, por lo que habría que encargarse de todo.

Esto fue un verdadero rompecorazones para Nolan. Le agradaba el joven vaquero.

Compartían las mismas atracciones y sus momentos privados habían sido algunos de los más afectuosos que Nolan había conocido. Quizás no tan agradable como el momento que acababa de compartir con Julia, pero lo suficientemente cercano. Sin embargo, los negocios eran los negocios y era necesario atar los extremos. Cabalgaba con una determinación sombría, pero con una amplia sonrisa en el rostro. Los recuerdos de Julia se agitaron a través de él y esperaba con ansias la próxima vez que estuvieran juntos. Contarle algunos detalles del plan no resultó tan difícil después de todo. Es cierto que había omitido la parte en la que Cole y Roose morirían, pero ella parecía más que dispuesta a unirse a él después del robo. Lo que pasó entre ellos después de la cena, la urgencia de la misma, el desencadenamiento de tanta lujuria reprimida... Tales pensamientos aligeraron su humor y cabalgó en una especie de aturdimiento.

Tan perdido estaba en sus pensamientos que no pudo ver al único jinete escondido detrás de un afloramiento de rocas grandes e irregulares. Era discutible que se hubiera fijado en el jinete de todos modos, porque era un hombre de gran habilidad y sigilo. Nolan montó, y el hombre miró y cuando Nolan se perdió de vista, el jinete hizo girar su caballo y se dirigió hacia la aislada cabaña de Julia, con el rostro tenso.

Estaba disminuyendo la llama de las lámparas cuando escuchó las pisadas en la terraza y se quedó paralizada, preguntándose qué hacer. Podría ser cualquiera, por supuesto, pero a esta hora, ¿tan tarde? Mientras permanecía clavada en el lugar, reflexionando, la tensión aumentó. La barra estaba al otro lado, así que quienquiera que fuera no podía entrar. Tenía tiempo. El Henry estaba encima de la puerta y el Wells Fargo, Cole insistió en que lo guardara en el cajón de la mesita de noche. Ambas armas parecían estar a una distancia imposible, pero sabía que tendría que elegir una.

Luchando por calmar su corazón palpitante, se dijo a sí misma que podría ser Nolan, de regreso para asegurarle que lo que él le había dicho en el colmo de la pasión no era realmente cierto. La historia de que él la había buscado por su propio bien, no como una parte de su plan mental para asesinar tanto a Cole como a Roose y así asegurarse de que la ciudad fuera una presa fácil para el robo del banco, que estaba por llegar. ¿Podría ser eso? ¿Podría ser que Nolan era, como él le dijo mientras yacían de espaldas en la cama que compartía con Cole, un hombre cambiado, que ella lo había cautivado, lo había hecho querer emprender un camino diferente?

Ella saltó de miedo ante el sonido del golpe increíblemente fuerte. Esperando, contuvo la respiración, mirando con los ojos muy abiertos a la puerta.

"Julia, ¿estás ahí?"

Ella se quedó boquiabierta, sin atreverse a creer quién había hablado. "¿Sterling?"

"Oh, gracias a Dios, pensé que tal vez... Abre la puerta, ¿quieres? Necesito saber que estás bien".

Con dedos temblorosos, apartó la barra y abrió la puerta, jadeando cuando vio el rostro salvaje y asustado de Sterling Roose.

Sin una palabra, se envolvió alrededor de ella, abrazándola con fuerza durante varios minutos.

"Sterling", dijo en el grueso material de su abrigo, "Suéltame, me estás sofocando".

"Oh Dios", dijo y la soltó, poniendo instantáneamente sus manos sobre sus hombros. "Lo siento, pero estaba muy preocupado cuando me enteré de lo que había pasado".

"¿Qué ha pasado?"

"En la ciudad. El ataque".

Julia se hizo a un lado, le pidió a Roose que entrara, luego cerró la puerta detrás de él y colocó la barra en su lugar. Echándose hacia atrás ese mismo mechón rebelde de cabello, frunció el ceño ante su mirada preocupada. "Sterling, todo está bien". Ella pasó junto a él. "¿Puedo traerte un café?"

"No, está bien... Julia, ¿quién era ese hombre, el hombre que vi irse momentos antes de que yo llegara?"

Sintió que su columna vertebral se ponía rígida. De espaldas a él, lavando la cafetera, imaginaba sin embargo cómo estaría su cara. Acusar. Él sabía. Había visto a Nolan y ahora ella tenía una opción simple: mentir o confesar. Ella se dio la vuelta. "Oh. Él era, es, el hombre que me ayudó".

"¿Te ayudó con qué?" Se acercó más, "Julia, creí reconocerlo".

"¿Estás seguro? No veo cómo, él es... Sterling, ¿por qué no te sientas y yo preparo un poco de café y luego hablamos?" Ella le dedicó su sonrisa más cautivadora, pero no pareció funcionar esta vez. El explorador del ejército se quedó inmóvil, estudiándola. Se volvió muy consciente de su atuendo: el camisón desaliñado, la falta de ropa interior, su cabello revuelto y descuidado, que Nolan rastrilló con los dedos, instándola a ceder. Y ella lo había hecho. Y Roose podía verlo, sus ojos doloridos, parpadeando con lágrimas, hablando de todos sus pensamientos internos.

"¿Quién era él?"

Ella se encogió de hombros antes de volver al café. "Como te dije, el hombre que me ayudó. Fui atacada. Intento de robo. Vino en mi ayuda, eso es todo".

Él estaba con ella, girándola, sus dedos enterrándose en la suave carne de sus bíceps. "¡Sterling, *me estás lastimando*!"

"Dije que lo reconocí. Ahora sé quién es".

"Entonces, ¿qué si lo sabes?"

"Ese era Nolan, ¿no? El sinvergüenza que me dejó en la cárcel y casi me rompe el cráneo. Y ahora tú y él... Oh, Dios mío, Julia. ¿Qué has hecho?"

"No seas tan infantil", dijo, apartando sus manos. La ira brotó, descontrolada. ¡Muy bien, sí, fue Nolan! ¿Y qué? No es un crimen invitar a entrar al hombre que te ha salvado la vida".

"¿Te salvó la vida? ¿De qué?"

"Ya te lo dije. Fui abordada, amenazada. Un pistolero, exigiendo que le diera todo mi dinero y Nolan, él estaba allí, para ayudarme".

"¿Justo como eso?"

"¿Qué?" Se detuvo, sin poder entender su punto, la ira era demasiado grande, cegando su razón. "¿Qué quieres decir con eso?"

"Es conveniente que estuviera allí, el hombre que me golpeó hasta dejarme inconsciente y te permitió liberar al sargento Burroughs".

"¡Él no hizo tal cosa!"

Y el capitán Phelps, ¿qué pasa con él? Murió y tú fuiste la culpable de todo. Pero no fuiste tú, verdad, como Cole y yo sospechábamos. ¿Fue Nolan? Por eso corrió, ¿no? Sus ojos echaban chispas. "Dime, ¿fue él?"

"Estás loco, Sterling. Nada de esto es verdad".

"Entonces, ¿por qué salió de aquí? Me pareció bastante culpable".

"Nunca hubo ninguna prueba, e incluso si la hubiera, nadie puede probar nada. El sargento Burroughs era el culpable, era quien robaba caballos del Ejército y se los vendía a los mexicanos".

"Muy bien, entonces explícame, ¿por qué Nolan apareció de repente, de la nada? Explícalo".

"¿Cómo te atreves? No tengo que explicarte nada".

"No, y ni siquiera explicarás la verdadera razón por la que estuvo aquí esta noche". Sus ojos cayeron y vagaron por su cuerpo. "Puedo ver muy claramente cuál fue esa razón, Julia. Muy claro".

Ella lo golpeó en la cara con tanta fuerza que él se tambaleó hacia atrás, aturdido. "Fuera", chilló. "Sal de mi casa, asqueroso, despreciable..."

Roose se agarró la cara y forzó una risa. "¿Tu casa? ¡Me

pregunto qué hará Cole con eso después de enterarse de tu pequeña cita!"

"Fuera. ¡Fuera de aquí, ahora!"

Sin otra palabra, Roose lo hizo. Incluso más que el escozor en su rostro, fue el escozor en su corazón lo que trajo lágrimas a sus ojos.

CAPÍTULO DIECINUEVE

Nolan

Desmonta después de cubrir cierta distancia y se toma un momento para calmarse. Es tarde, la noche ya está muy avanzada y está seguro de que nadie lo ha visto galopar hasta la entrada del cementerio de la ciudad. Reajustando el cinturón de su arma, aunque no tiene planes de usar el Colt enfundado en su cadera, amarra el caballo en la puerta y avanza por el estrecho camino que serpentea hasta la cima. Las ordenadas hileras de cruces simples con sus sencillas inscripciones reflejan la noche estrellada desde sus superficies blancas y el resplandor envía un curioso escalofrío a través de su cuerpo. Nunca le han gustado los cementerios, y mientras camina, recuerda cómo se paró junto a la tumba de su padre, las lágrimas rodando por sus mejillas mientras los veía bajar el ataúd toscamente tallado a ese terrible agujero negro. Podría haber jurado que escuchó al anciano gritar: "¡Déjeme salir, déjeme salir!" Ahora, aquí está de nuevo, no como un doliente esta vez, más como un proveedor. De la muerte.

Caine sale de la noche cada vez más profunda y se frota las costillas y se ve más que un poco enojado.

"¿Cómo estás'?" Nolan dice.

Caine mira boquiabierto a su amigo. "¿Que cómo estoy? Un

pequeño golpe, dijiste, nada que duela, dijiste. ¡Bueno, duele y duele como el pecado!"

"Tenía que hacer que pareciera realista. Algo menos, y ella hubiera sospechado".

"Creo que lo hiciste porque querías".

"Ah, diablos, Caine, no seas tan..."

"Porque lo disfrutaste".

"¡Eso es una locura!"

Nolan aprovecha la oportunidad para mirar a su alrededor. La noche, a estas alturas, lo ha engullido todo y no hay un alma, viva o muerta, que esté cerca. Sin embargo, no puede cambiar la sensación de que ojos invisibles están mirando. Ojos de las tumbas, ojos que lo acusan, lo maldicen. Se estremece y Caine se da cuenta. "¿Lo ves?, sabes que es verdad".

"No es eso, simplemente no me gusta este lugar, eso es todo".

"Entonces, ¿por qué lo elegiste? Me parece que no sabes lo que estás haciendo últimamente. Tu cerebro está revuelto y al ver esa belleza en ese carruaje puedo entender por qué".

Caine se acerca.

"No, no, eso, ella no tiene nada que ver con nada de eso".

"¡No me mientas! Tuvimos un buen trato, dijiste. Tiene dinero, dinero que podríamos robar y luego establecernos en Wyoming. Eso fue lo que dijiste".

"Y eso es lo que todavía quiero que suceda, Caine. Tú y yo. Como siempre".

"¿Estás seguro?"

"Sí, estoy seguro". Y para subrayar su sinceridad, coloca una mano sobre el hombro de su amigo y lo aprieta. "Tú y yo".

"Está bien". Da una pequeña risa y se frota un lado de la cara. "Seguro que puedes golpear cuando quieras, te lo concedo. No quiero nunca pelear contigo".

"Entonces es bueno que todavía seamos amigos".

"Si, tienes razón. Lo siento".

Nolan deja que su mano se deslice del hombro de su amigo. "Yo soy el que debería pedir perdón".

"Bueno, vamos a dejarlo como parte del engaño, está bien".

"No, realmente lo digo en serio. Lo siento. Siempre fuiste tan bueno conmigo".

Una ligera tensión de los hombros de Caine, una señal de su confusión. "¿Eh? ¿Qué quieres decir?"

Nolan se vuelve a medias, balanceando su cuerpo en un arco agudo, el cuchillo en su mano cortando el cuerpo de Caine, empujando hacia arriba, debajo de la caja torácica, a través de órganos vitales, perforando los pulmones. El poder del golpe es enorme, y gruñe con la fuerza del mismo, pero es Caine quien hace la mayor parte del ruido. Un chillido agudo y estridente, ya sea por dolor o sorpresa, Nolan no puede decirlo. Él hunde el cuchillo aún más y ambos caen sobre la cruz más cercana y aterrizan con un golpe sólido en el suelo.

Los ojos de Caine brillan intensamente en la oscuridad y Nolan ve la angustia allí, la tristeza. Traicionado. Asesinado por el único hombre al que ha amado. Nolan lo ve y sostiene la hoja profundamente, más y más profundamente aún, la punta rompe el corazón y ve el brillo parpadear en la nada.

Se pone de pie y mira.

Y luego se pone a llorar.

CAPÍTULO VEINTE

En la Noche

A diferencia del sonido de los insistentes golpes de Sterling, este golpe es silencioso, tentativo y ella tiene tiempo para sacar al Henry de su lugar y accionar la palanca. "¿Quién es?"

"Soy yo".

Su voz es tensa, casi como si le doliera y ella casi tira el rifle a un lado en su desesperación por abrirle la puerta y tomarla en sus brazos. Ella lo ve, la luz de la lámpara de aceite cercana alumbrándolo en un tono sobrenatural de amarillo enfermizo. Pero no es esto lo que capta su atención, que no está dispuesta a dejarlo ir. Es la sangre. Está inundado y su rostro es tan pálido como un cadáver.

"Oh, mi querido Señor", grita y lo abrazaría si no fuera por el miedo a estar cubierta por toda esa sangre. Ella toma su mano y lo atrae hacia adentro. Él avanza arrastrando los pies, como si estuviera en trance, y ella lo guía hasta la mesa donde se sienta y mira.

Inclinándose a su lado, ella le agarra la mano y mira sus ojos perdidos y vacíos. "¿Qué ha sucedido? ¿Fue Sterling? Oh, Dios mío, no me digas que te siguió y..."

Sacudiendo la cabeza, se vuelve hacia ella y, aunque sus ojos permanecen sin vida, logra una leve sonrisa. "¿Roose? No, aunque ahora me perseguirá. No, fue el hombre que te atacó".

"Pero dijiste que lo arrestarían, que él..."

Presiona un dedo sobre su boca, un dedo sucio de sangre negra y seca. "Ssshh, cariño. No. Debe haber escapado porque mientras cabalgaba a casa de Rancine, me abordó. Peleamos y yo... "Él mira hacia otro lado y su cuerpo se convulsiona. "Fue horrible, Julia. Como algo salido de una pesadilla. La forma en que gritó y corrió hacia mí".

"¿Qué hiciste?"

Otra convulsión y se contuvo, envolviendo sus brazos alrededor de su propio cuerpo mientras temblaba. "Era fuerte, lleno de rabia. Caímos al suelo y nos retorcimos y rodamos. Su cuchillo, grande, pesado, como una espada, pero me las arreglé... No sé cómo, pero de alguna manera, yo... El cuchillo se hundió en él, tan aterradora la forma en que la hoja se deslizó dentro de él, sin resistencia".

Independientemente de la sangre, Julia baja lentamente la cabeza sobre su regazo y una de sus manos masajea su cuero cabelludo. "Oh, mi amor... Vendrán por mí ahora. No importa por qué sucedió, no importa si fue mi vida o la suya, vendrán por mí y Roose liderará la caza porque me quiere muerto. Por lo que pasó este día y por lo que le hice. Esa era su venganza".

Levantando los ojos hacia él, sabe que es la verdad. Sterling nunca perdonaría. No estaba en él hacer tal gesto, dejar ir el pasado. Rastrearía a Nolan y lo colgaría del árbol más cercano. Ella no tiene dudas.

"¿Qué podemos hacer?"

Su rostro se pone tenso, los ojos fijos en algo muy lejano y tiembla más violentamente que nunca. "No he sido honesto contigo, mi amor. Y necesito serlo. Esta noche, y lo que ha sucedido, si algo bueno puede salir de ella, entonces es mi confesión para ti".

"¿Confesión? No entiendo... ¿Qué es lo que tienes que decirme? Ya me has contado muchas cosas".

"Primero necesito un trago. Whisky. ¿Tienes algo?"

Sin dudarlo un momento, se dirige a donde Cole guarda su botella. Vierte una generosa medida en un vaso empañado y lo devuelve a la mesa. Nolan está sentado muy erguido en su silla, sus manos planas sobre la mesa y sus ojos miran fijamente a lo lejos. Tan pronto como ve el Borbón, lo agarra y se lo tira a la garganta, jadeando mientras hace una mueca. Inmediatamente, él extiende su mano con el vaso, gesticulando para que le sirva otro y ella regresa a buscar la botella. Con los ojos sin dejar de mirar su rostro, toma una silla y se sienta a su lado. El segundo trago lo toma mucho más despacio y, entre sorbos, le dice.

"Te dije algunas cosas, pero no estoy seguro de cuán claro fue todo. Regresé aquí para atraparte, Julia. Para atraparte para que me aceptaras, pero necesitaba una razón. La razón fue Caine. Lo preparamos todo, el intento de robo, mi presencia para ayudarte. Entonces yo tenía que volver aquí y tomar todo tu dinero". Él hace una pausa y mira la forma en que sus ojos se llenan y algo apuñala en su corazón. "Pero tan pronto como te vi, supe que nunca jamás podría hacer nada para hacerte daño. Lo supe cuando te vi por primera vez hace todo ese tiempo, pero por supuesto lo enterré, sin querer creerlo. En el mismo momento en que volví a ver tu rostro, todos los pensamientos de estafarte, desaparecieron, porque en ese momento supe que te amaba".

Sacudiendo la cabeza, una lágrima se desliza por sus mejillas y le tiemblan los labios. "Oh... Oh mi Dios"

Y sé que sientes lo mismo. Dime que sientes lo mismo".

Más que sus labios tiemblan ahora y él se acerca para tomar su mano. Ella no se aparta porque sabe que es verdad. Ella ha querido esto durante tanto tiempo. Un hombre para amarla, no usarla. Sin embargo, todo esto ha sucedido muy rápido. ¿Puede estar segura, puede permitirse creer que alguien podría entrar en su vida de la manera que él lo hizo y darle todo lo que anhelaba? ¿Su engaño, su plan para quitarle? Qué hay sobre eso. Si podía hacer algo así, ¿qué más podía hacer? Estos pensamientos, y muchos más, cruzan su mente, pero la necesidad de él borra todas sus dudas, junto con su sentido común. "Sí", dice en voz baja, y él se inclina hacia ella y sus labios se rozan contra ella. "Sí".

Ella lo ve alejarse sabiendo que tiene cosas que hacer, sabiendo que tan pronto como vuelva la luz del día, encontrarán el cuerpo de Caine y Sterling lo sumará todo. El tiempo está en su contra, pero ella confía en Nolan lo suficiente como para dejarlo ir y hacer las paces con Rancine. Esto es lo que le ha dicho y ella está de acuerdo. No tiene sentido tener más que esos dos exploradores persiguiéndolos, porque sabe que Cole se unirá a su amigo. Entonces, si pueden hacerlo bien, Nolan regresará con dinero y caballos frescos y cabalgarán hacia el sur, hacia México, y comenzará su nueva vida.

Apoya la cabeza contra el marco de la puerta y sonríe. Él es todo lo que ella siempre ha querido. Sí, ha matado, pero ¿qué opción tenía? Su honestidad y lealtad la dejan sin aliento. La vida ha sido muy cruel, pero ahora tiene la oportunidad de dejarlo todo atrás. Cole nunca le ofreció nada excepto un techo sobre su cabeza. Sí, está agradecida, pero sus necesidades son mucho más de las que cuatro paredes podrían proporcionar. Nolan le ha dado una idea de lo que la vida realmente puede contener y está decidida a no dejar que se le escape de las manos. Cuando se da la vuelta para comenzar a empacar sus pocas pertenencias, su corazón late con fuerza, no de arrepentimiento, sino de emoción y satisfacción. Incluso podría permitirse pensar que está al borde de la felicidad.

El sueño no llega. Está demasiado emocionada con la perspectiva de comenzar una nueva vida. Entonces, ella hace café y se sienta en el porche, a pesar del frío, y trata de trabajar las cosas en su mente.

Cualquier solución o respuesta, o cualquier aclaración de

duda, no es tarea fácil. Se mece suavemente en la mecedora, con ambas manos envueltas alrededor de la taza de café. Se levanta el viento y con él viene el frío. Una mirada hacia el cielo y la blancura del cielo trae el conocimiento de que pronto caerá nieve. En esta época del año, eso podría ser el precursor de una tormenta de nieve y viajar en esa época no es algo que le guste.

Pero ellos tendrán que irse.

Ya no puede quedarse aquí. Roose, sus modales eran tan... Inusuales. ¿Dónde había desaparecido el hombre de modales apacibles y de voz suave que siempre había conocido?

¿Qué fue lo que dijo que hizo que su mente diera vueltas y vueltas...? Ah, sí, algo acerca de que Nolan apareció, ¿de la nada? Tenía que admitir, aquí en la tranquilidad sin distracciones que la confundieran aún más, que era extraño la forma en que Nolan parecía aparecer en el momento adecuado. Y la historia de él huyendo después de lo que pasó en la cárcel. Él la ayudó a liberar al sargento Burroughs, pero al hacerlo dejó a Sterling en el suelo. La repentina e inesperada violencia la sorprendió entonces, y ahora, con la forma en que Nolan había golpeado a su atacante... Aunque está agradecida, todo parecía demasiado ordenado, demasiado artificial. Mientras se alejaba con Burroughs, su recuerdo de ese terrible momento se aclaraba. El capitán Phelps, con las manos por encima de la cabeza y el arma de Nolan apuntando directamente a él. No escuchó un disparo mientras lograba escapar, pero se enteró más tarde de que Phelps estaba muerto, que todos creían que era ella o Burroughs quien había matado al capitán. ¿Podría haber sido Nolan? ¿Era capaz? ¡Por supuesto que lo estaba! Su plan original era, como él dijo, robarla. ¿Podría seguir llevando eso a cabo? Sin duda, su confesión significaba que era honesto, que había cambiado de opinión. Él la amaba. ¿No era así?

Confundida, pero también resuelta, decide ir al pueblo, pagar la cuenta en la tienda de mercancías, tal vez hablar con la viejecita de la casa de té, agradecerle, tranquilizarla. Luego, al regresar aquí, le dejará una nota a Cole y eso será todo. Dejando a un lado sus preocupaciones, sus inquietudes, por fin está decidida. Ella apura su café, le da al cielo una última mirada y regresa adentro para prepararse.

CAPÍTULO VEINTIUNO

Cole

Cruzan la extensión de las llanuras en silencio, viajando a través de la noche, sus pensamientos más negros que la oscuridad. Cole, a la cabeza de la hilera de jinetes rotos y derrotados, se concentra en la forma en que los cascos de su caballo hacen saltar pequeños remolinos de polvo con cada paso. Por la noche, la tierra parecía blanca, las nevadas recientes no modificaron notablemente el gris uniforme de la tierra. Los aguaceros sostenidos de nieve o lluvia tendrían que caer durante meses para que reapareciera el verde. Quizás podría suceder, pero no esta noche. El viento, mero fantasma de lo que podría ser, apenas alborotaba la crin de su caballo. Por encima de él, el cielo está despejado, las estrellas centellean como si también se burlaran de él. Nunca debería haber venido en este viaje. Debería haber rechazado la orden y volver a su rancho, a Julia, y hacer un esfuerzo. Si el esfuerzo podría reunir. No importa cuánto lo intentara, nada se agitó dentro de él cuando se trataba de ella. Una mujer vibrante y atractiva y, sin embargo, hay algo, algo que no puede comprender. Sabe que Sterling siente una atracción. No es tonto, este conocimiento trae poca preocupación, ni la más mínima chispa de celos. Este solo hecho le hace darse cuenta de que Julia no va a encontrar un lugar en su corazón. ¿Son sus hechos anteriores, su disposición a matar? ¿Podía siquiera confiar en ella? ¿Llegaría una noche oscura, como esta, en la que hundiría el cuchillo profundamente en su corazón?

Moviéndose mientras un caballo se acerca al suyo, incluso a la luz de la noche, Cole capta la mirada angustiada del capitán. "Supongo que deberíamos acampar pronto, aunque solo sea por unas pocas horas".

"Si esa es su orden", dice Cole.

"Sí. Supongo que eso es"

Sin embargo, solo puede ser por unas pocas horas. Nuestra carga estará un poco pasada si retrasamos nuestro regreso".

"Dios mío, eres todo corazón, ¿no es así?"

Cole se pone rígido y por un momento está a punto de recordarle al capitán que si no fuera por su inepto manejo en la forma en que iban a traer a los Apaches, nada de esto habría sucedido. Un buen número de esposas y madres no llorarían durante el desayuno durante los próximos cien días más o menos. Pero él no dice esas cosas, lo deja ir, permite que sus hombros se relajen, gruñe y lleva a su caballo para ayudar a montar el campamento.

Duerme, pero está inquieto y cuando los primeros rayos del amanecer atraviesan el cielo infinito, se sienta y estira la espalda. Siente que un millón de hormigas le han cruzado los ojos y se los frota vigorosamente con los puños. Si tan solo hubieran encontrado un lugar cerca del agua y acampado junto a un arroyo. Necesita un lavado. Gravemente. En cambio, decide usar su cantimplora, calculando que todos estarán de regreso en el fuerte antes de que la sed realmente comience. Pero incluso cuando comienza a empapar su pañuelo con agua, siente que algo no está bien y cuando el soldado de guardia llega corriendo al campamento, todo está confirmado.

"Será mejor que vengas a ver esto, Cole. Rápido".

Se abrocha el cinturón de la pistola y sigue al soldado tembloroso a través del matorral roto, preguntándose qué le espera, pero sabiendo, por puro instinto, que va a ser malo.

Es peor que malo. Es casi lo peor que puede llegar a ser, y Cole se hunde en una roca cercana y mira con incredulidad la vista frente a él.

"¿Qué vamos a hacer?" se lamenta el joven soldado.

"Sujétele las piernas y yo cortaré la cuerda para bajarlo".

El Capitán Fleming se balancea desde la robusta rama de uno de los pocos árboles grandes que crecen en ese lugar, por lo demás estéril. ¿Quizás por eso eligió esta zona para acampar? ¿Quién podría decirlo? Ciertamente, el capitán no se lo diría a nadie. Está muerto y Cole se pregunta qué escribirá en su informe sobre esta, la más desastrosa de todas las expediciones. La verdad simplemente no borrará esa nefasta experiencia.

CAPÍTULO VEINTIDÓS

En el Escondite de Shapiro

Cabalgando sin detenerse, Nolan hace buen tiempo, tomando una ruta directa porque asume, con razón, que nadie conoce la ubicación del escondite de Shapiro.

A la entrada de la mina de oro desierta, un hombre moreno y de barriga grande está de pie masticando un puro. El Winchester que lleva está enrollado sobre su antebrazo y sus ojos parpadean de izquierda a derecha, siempre alerta.

Nolan ve al hombre desde la distancia y reduce la velocidad para caminar suavemente, levantando la mano mientras grita: "No dispares, soy yo, ¡Nolan!"

El grandullón se agacha mientras llama a las profundidades de la mina para que su jefe salga y vea quién ha llegado. El Winchester, ahora colocado a la altura de su cara, está infaliblemente centrado en Nolan.

"Ah, mi buen amigo", dice Shapiro mientras emerge de la oscuridad de la mina. Lo acompañan varios otros, todos abrochados los pantalones o metidos en camisas. El amanecer tiene apenas una hora y se ven desarreglados, gruñones, desgarrados por la curiosidad.

Avanzando, Nolan levanta ambas manos y no las deja caer

hasta que Shapiro le da una palmada en la espalda al barrigón y se ríe. "Relájate amigo, esto debe ser una buena noticia".

Mientras la pandilla se reúne, Shapiro ordena que preparen café y sémola. Nolan, al desmontar, espera a que Shapiro dé un paso adelante y le rodee el hombro con el brazo. El líder de la pandilla lo lleva a los restos de un pequeño fuego que Barriga Grande usaba para calentarse durante la noche. "Consigue más madera para esto", grita Shapiro y uno de los hombres se apresura a cumplir sus órdenes. En un afloramiento rocoso cercano, Shapiro se sienta y le pide a Nolan que haga lo mismo.

"Tengo noticias".

"Esperaba que pudieras", dijo Shapiro. "Debo ser honesto, estaba pensando que tal vez te habías olvidado de nosotros".

"De ninguna manera. No con el banco tan lleno".

Esta grata noticia hace que los ojos de Shapiro brillen de alegría y se acerca y abraza a Nolan con entusiasmo. "Sabía que no nos decepcionarías. Siempre tuve fe en ti, a diferencia de los demás". Se suelta y, sonriendo, comprueba que alguien esté preparando el café. Satisfecho, regresa con Nolan y sonríe de nuevo. "Dime, ¿cuál es la noticia que traes?"

"Están muertos".

La boca de Shapiro se abre y por un momento un silencio como una pesada puerta de acero cae sobre ellos, cerrando todo lo demás. "¿Qué? ¿Te refieres a...?"

"Al final, fue fácil. Estaban borrachos, celebrando alguna cacería en la que habían estado. Indios. Me colé en la cabaña de troncos de Cole y lo hice por los dos". Da una palmada en la cadera con el cuchillo de hoja pesada. "No sabían nada al respecto".

"Es una pena. Me hubiera gustado que Cole hubiera sufrido. Me puso en ridículo. Estoy decepcionado".

"Realmente no tenía muchas opciones".

"¿Cabaña de troncos dices?" Shapiro se frota la barbilla, ojos distantes. "¿En la tienda de Cole?"

Nolan asiente con la cabeza, apartando los ojos de Shapiro cuando su jefe le frunce el ceño.

"Sabes que fui allí una vez".

Ahora es el turno de Nolan de quedarse boquiabierto. "¿A la casa de Cole?"

"Sí. Después de que me liberé de esa maldita prisión, tenía la intención de ir allí y matarlo yo mismo. Estaba vacía. Abandonada."

"No suele ir allí con frecuencia".

"¿Pero esta vez lo hizo? ¿A un pequeño rancho para el que no tiene tiempo?"

Nolan se retuerce. No puede evitarlo. Los ojos de Shapiro lo estudian con una intensidad que no se parece a nada que haya conocido. Quizás sospeche y si lo hace, entonces Nolan tendrá que acabar con todo aquí. Sería tocar y desaparecer, con su pandilla tan numerosa, pero no todos están armados. Si la suerte le acompaña...

"Te lo dije", continúa Nolan, manteniendo su voz tranquila, firme, "que estaba durmiendo completamente borracho".

"¿Con el otro?"

"Sterling Roose, sí".

"¿Y los mataste?"

"Sí, lo hice. ¿Por qué en nombre de la cordura te diría lo contrario, Shapiro? Con la esperanza de que esta muestra de ira desvíe más sospechas, Nolan se pone de pie de un salto con los puños cerrados. "¡Quiero ese dinero tanto como tú, tanto como todos!" Gira el brazo en un amplio arco para indicar al resto de la pandilla, todos los cuales están como muertos, mirando. "El banco está abierto y listo para tomar. Tal como me dijiste que lo hiciera".

"No pensé que pudieras matarlos. ¿Estás seguro de que nadie más sospechará? ¿El sheriff de la ciudad, tal vez?"

"Es un anciano gordo, no vale un centavo. Es seguro, Shapiro. Podemos entrar y disparar a toda la ciudad sin que nadie sea lo suficientemente valiente como para mover un dedo".

Otro silencio. Helado esta vez. Shapiro parece estar repasando todo lo que Nolan le ha dicho, examinando las palabras, convenciéndose de su veracidad.

"¿Qué te pasa, Shapiro? ¿No me crees?

Un largo suspiro se escapa de la fina y cruel boca de Shapiro. "Debo hacerlo, *amigo*, porque nadie sería tan tonto como para mentirme".

Y luego vino la sonrisa, iluminando su rostro, disipando la atmósfera cargada en un instante. Shapiro se pone de pie, abraza a Nolan de nuevo y pide a sus hombres que se reúnan. "¡Tenemos planes que hacer y barrigas que llenar!"

Alguien saca media botella de tequila y todos se echan a reír.

"Es un poco temprano para eso, ¿no?" Nolan mira dubitativo mientras le entregan la botella.

"Nunca es demasiado temprano para el tequila", dice Shapiro, "especialmente cuando tenemos tanto que celebrar, ¡a nuestro querido amigo fallecido, Reuben Cole!"

Animado por todos ellos, Nolan toma el primer trago y arruga su rostro cuando el fuego líquido golpea la parte posterior de su garganta.

Más tarde esa misma tarde, la tercera botella terminada, Shapiro patea a uno de sus hombres en la pierna para despertarlo de su letargo. Frotándose los ojos, el hombre entrecierra los ojos hacia su jefe y chasquea los labios.

"Comprueba que está inconsciente y luego dirígete al rancho de Cole. Quiero confirmación".

“¿Eh?”

Shapiro quiere darle un puñetazo al hombre que lucha por ponerse de pie, rascándose la entrepierna. “Quiero pruebas, idiota. Una vez que las tengas, regresa aquí tan pronto como puedas".

“Pero jefe, ¿pensé que nos dirigíamos a la ciudad para tomar el banco? Antes de que nos emborrachara a todos, claro".

“Haz lo que te digo”, gruñe Shapiro y apunta con la barbilla hacia el hombre que se balancea vacilante ante él. "Echa un vistazo a la cabaña y tráeme las noticias que quiero escuchar". Luego, tomando aire, se inclina hacia el oído más cercano del hombre y le da las instrucciones. “Ahora vete, y pase lo que pase no se dejen ver. Por cualquiera, lo entiendes".

“Sí, jefe”.

“Bien. ¡Ahora váyanse!”

CAPÍTULO VEINTITRÉS

Descubrimientos y Confesiones

Un viento frío soplaba desde el oeste, golpeando con fuerza contra el grupo de hombres que estaban en el cementerio mirando el cadáver salpicado de sangre a sus pies.

"Me estoy haciendo demasiado viejo para este tipo de cosas", murmura el sheriff Perdew con sentido. Su rostro, ceniciento, parece agotado y demacrado. Viejo antes de su tiempo, posiblemente enfermo con algo que asolaba su cuerpo marchito. Roose está a su lado y no sabe qué pensar de él. Tampoco sabe qué hacer con el cadáver. Él lo dice y el sheriff le lanza una mirada sucia. "Asesinato es lo que es".

"Eso lo sé", dice Roose y se pone en cuclillas. Aunque la mañana avanza, el cementerio permanece inquietantemente oscuro, como si no quisiera renunciar a la noche. Después de haber visto bien afuera de la entrada, Roose ahora inspecciona el suelo. "El asesino se escapó a pie, atravesó la puerta hacia donde esperaba su caballo".

"¿Puedes atraparlo?"

"Definitivamente. Pero estará desesperado, así que necesitaré al menos dos hombres más. O puedo esperar a Cole".

Será mejor que lo hagas ahora y no más tarde. Es posible que ya esté fuera del territorio".

"Podría ser". Roose se pone de pie y mira fijamente el cuerpo durante bastante tiempo. "¿Alguien sabe quién era?"

Nadie se comunicará con nadie hasta que un joven larguirucho con dientes de gallo y una mata de pelo anaranjado brillante da un paso al frente. "Podría ser uno de esos conductores del rancho Rancine".

"¿Lo conoces?"

"No directamente", dice el joven. "Recuerdo su cara".

"Es una cara para recordar", dice el alguacil. "Más como el de una niña. O un ángel".

"Bueno, sospecho que si él es uno de ellos, ha encontrado el camino de regreso a casa. Pero sí, su cara..." Roose frunce el ceño. "Este podría ser un argumento que salió mal, no premeditado, por lo que podría ser aún más difícil de resolver. Me dirigiré a casa de Rancine antes de partir para encontrar al asesino. Pero no va a ser rápido".

"Solo otra razón para que ponga mi placa", dice el alguacil.

Algunos de los hombres se ríen, pero Roose toma el comentario por lo que es: una invitación. Esta es su oportunidad y piensa aprovecharla.

Cuando el grupo de hombres comienza a dispersarse, alguien dice: "Voy a buscar al empresario de pompas fúnebres", y el sheriff, jadeando ruidosamente, se sienta en una tumba de piedra cercana, con la forma de un ataúd. La ironía no se le escapa a Roose. "¿Ya se está instalando, sheriff?"

Sigue un ladrido de risa burlona. "Puedes bromear sobre eso, Sterling, pero tengo que decirte que no me siento muy bien. Y con este clima frío que viene..." Deja que el comentario cuelgue ahí, sin terminar. Él mira hacia arriba mientras junta su abrigo alrededor de su garganta. "Siento mi edad, esa es la verdad y si no fuera por el hecho de que soy..." Se detiene. "¿Estás bien, Sterling?"

Pero Sterling está lejos de estar bien. Buscando en cada rincón de ese lugar solitario, lentamente se quita el sombrero de la frente. "Hay una cosa que casi me pierdo".

"Hasta donde yo sé, nunca te pierdes de nada".

"Eso es lo que parece, pero... Me pregunto, sheriff... ¿Dónde está el caballo de este hombre?"

Deteniendo el carruaje con lentitud y facilidad, Julia se baja y observa la calle. Es media mañana, pero el viento frío muerde con fuerza. Bien envuelta en un abrigo grueso, guantes, bufanda y gorro, todavía lo siente. Habrá nieve. Viajar será difícil. ¿Por qué el destino conspiraba para hacer todo tan difícil?

Asegurando al caballo, sube al entarimado y se dirige hacia la tienda de mercancías. Hace calor por dentro y ella da un suspiro de alivio. El señor Stanley, el propietario, apila una estufa grande y barrigona en la esquina y sonríe cuando la ve. "Vaya, señorita Julia. ¿Cómo está usted en esta mañana algo amarga?"

"Estoy bien, gracias, señor Stanley. He venido a saldar la cuenta".

"Oh". Parece aturdido, pero pronto su rostro se arruga en uno de pura alegría. Frotándose las manos, se sumerge detrás del mostrador y comienza a hojear un libro grande y grueso. "Es una cantidad ridícula, señorita Julia. Cole casi siempre lo resuelve cada vez que regresa de uno de sus viajes. ¿Está en casa de nuevo?"

"No aun no". Abre su pequeño bolso y extrae la cantidad requerida. Él no se molesta en contarlo y eso le gusta a ella. En otro mundo, podría hacerse cargo de la administración de una tienda como esta, llenarla con todo lo que cualquier persona de esos lugares pueda desear y necesitar. "Gracias, Sr. Stanley, por todos los servicios que me ha prestado".

"Oh. Bueno, yo... Ya sabes, todo está en el... ¿Vas a algún lugar?"

"Sí... Por un tiempo. Gracias de nuevo".

Una breve sonrisa seguida de una mirada furtiva alrededor de la tienda. No hay nadie más.

El comerciante inclina la cabeza, perplejo. "¿Hay algo más que desearía llevar?"

"Sí. Reuben, me refiero al señor Cole. Me dio un Wells Fargo para protección personal, pero no estoy muy bien instruida en su uso. Escuché que hay mejores opciones".

"De hecho, las hay, señorita Julia. Esa pequeña Colt Navy está pasada de moda, usa pólvora, cubierta y bola".

"¿Podría tener algo un poco más...? *¿Efectivo?*"

“Un Pacificador es probablemente la mejor opción, señorita Julia. No es muy grande y utiliza cartuchos, por lo que se puede recargar rápidamente". El comerciante se agacha debajo del mostrador y regresa con una caja de nogal brillante. Abriéndola, agita su mano sobre el contenido. Sus mejillas se hinchan. Obviamente orgulloso de estos artículos, él sonríe hacia ella. "Tengo que confesar; No consigo que muchas mujeres pregunten".

"¿Ese que está allí?" Ella señala un revólver brillante y reluciente colocado cómodamente en una cama de terciopelo color ciruela.

"Eso es lo mejor de la gama, con empuñaduras de marfil. Existe una versión más económica, igual de eficaz".

Chupando su labio inferior, Julia se da unos momentos para considerar sus opciones. Podría continuar con el Wells Fargo, pero ella quiere su propio revólver. Sabe disparar, lo ha hecho en muchas ocasiones, y lo que está planeando puede significar usar más de un cilindro de balas. "Lo tomaré", dice, lo levanta y lo pesa en la mano del guante. "Es pesado".

"Y confiable".

Sonriendo, empuja la cantidad requerida a través del mostrador y luego se va, saliendo de nuevo en el clima crudo y amargo, con el bolsillo hundido por el peso del arma.

Unos pocos copos de nieve descienden de un cielo casi uniformemente blanco. Temblando, corre por el entarimado hasta la pequeña tienda de té en la esquina y entra.

Una campana sobre la puerta repica alegremente y casi de inmediato, el pequeño propietario aparece a través de una cortina de cuentas. "Bueno, yo nunca", grita, aplaudiendo con genuino júbilo. “Solo estaba pensando en usted, querida. ¿Cómo está? Por favor, entre, siéntese. Le prepararé una taza caliente de té chino".

"No, no", dice y levanta una mano enguantada, "solo estoy aquí para... Para decirle. Todo está bien y estoy perfectamente recuperada”.

"Sí, bueno, gracias a Dios es todo lo que puedo decir".

"Sí. Fue traumático, por decir lo menos, pero..."

"Gracias a ese joven, es todo lo que puedo decir. Él me salvó el día".

“¡Sí, lo hizo! Gracias a Dios que estuvo aquí. ¿Puedo preguntar...? Se acerca, revisando la tienda en busca de otros clientes, aunque está claro que no hay ninguno. "¿Usted lo vio, supongo?"

"Bueno, yo estaba aquí, en la tienda, escuché la conmoción y todo..."

“Sí, pero ¿el joven, el que me ayudó? ¿Usted lo vio?"

"Sí. Por supuesto, cuando salí después de que él..."

"Quiero decir antes".

"¿Antes? ¿Antes de su ataque, quiere decir?

“Sí, ¿lo vio parado cerca? Holgazaneando supongo que podría llamarlo así".

"No que yo pueda recordar, estaba en la parte de atrás, verás, preparando todo para la hora del almuerzo y no podía ver mucho desde donde estaba"

"Yo lo vi", dice una voz desde más allá de la cortina. "Yo lo vi". Al separar las cuentas, aparece una mujer delgada, de aspecto anguloso, tan gris como el propietario, pero considerablemente más alta. Se seca las manos con un paño de té a cuadros mientras avanza.

"Esta es Sylvie", dice el viejo propietario. "Soy Noreen, por cierto".

“Gracias”, dice Julia con una sonrisa. "¿Sylvie? ¿Ese nombre es francés?"

“Soy canadiense”, dice la recién llegada mientras dobla la tela sobre su brazo. “Me mudé aquí con mi familia hace algunos años, pero sí, somos de origen francés”.

"Sylvie hace los pasteles más deliciosos", comenta con orgullo Noreen. "Nunca he probado uno mejor".

"Estoy segura de que sus clientes sienten lo mismo", dice Julia, luego, terminadas las sutilezas, se pone más seria. "Dígame lo que vio por favor, Sylvie."

¿El hombre del que usted habla, el que la ayudó? Lo vi hablando con el que trató de robarla".

Por un momento, Julia no puede hablar. Es como si una enorme y fría nube se hubiera envuelto a su alrededor, asfixiándola. Su respiración se vuelve dificultosa y busca algo para evitar caer. Unas manos la ayudan, la agarran del brazo y la ayudan suavemente a sentarse en una silla.

"Brandy", dice Sylvie simplemente. Ella cae de rodillas, agarrando las manos de Julia. “Lo siento, señora. Esto es un shock".

Murmurando, incapaz de formar palabras, Julia mira fijamente al rostro de la francocanadiense. Noreen aparece con un vaso pequeño en la mano y Julia lo toma, sorbe, tose, pero al instante se siente mejor. Parpadeando, se aferra a las manos de Sylvie. "¿Está absolutamente segura?"

"Sí, me temo que sí. No le di importancia a eso en ese momento, pero después del ataque fui al sheriff para decírselo”.

"Pero no hizo nada".

"No parecía estar interesado, diciendo que el asunto se solucionó gracias a la intervención del otro hombre".

Asintiendo, Julia apura su vaso y se lo devuelve a Noreen. "Gracias. Entonces, se conocían".

"Hay más", dijo Sylvie. Julia la mira y le da cuenta de un pequeño temblor corriendo por los ojos. "También escuché de qué hablaron".

CAPÍTULO VEINTICUATRO

Roose

El cuerpo yacía tendido sobre la mesa del empresario de pompas fúnebres. Habiendo limpiado la mayor parte de la sangre, el hombre de aspecto demacrado con traje negro de levita que conducía los preparativos del cuerpo, le entregó un papel arrugado a Roose. “Estaba en el bolsillo de su camisa. Eché un vistazo, pensé que te interesaría".

Roose lo tomó con mucho cuidado, desdobló el papel y leyó los garabatos. Cada palabra se hizo más grande a medida que las asimilaba, emociones que iban desde la asombrada incredulidad hasta, cuando terminó, una desesperada urgencia. "¿Cuánto tiempo ha estado muerto?"

"No lo puedo decir", respondió el empresario de pompas fúnebres. "No soy médico, pero el rigor ha pasado, así que diría que al menos veinticuatro horas, tal vez menos".

Gruñendo, Roose se dio la vuelta y salió. Montó en su caballo y lo pateó al galope, dirigiéndose al pueblo y a la oficina del sheriff, todo el tiempo su mente se llenó de la enormidad de las palabras escritas del muerto. La única parte de la que no estaba seguro era el momento. Quienquiera que lo hubiera asesinado debe haber tenido una disputa sobre los planes, pero no tenía forma de saber cuál podría ser esa disputa. Posiblemente, ¿cómo se repartiría el botín? Y si el asesinato había ocurrido el día anterior, los ladrones podrían dirigirse a la ciudad en cualquier momento.

Deteniendo su caballo fuera de la oficina, saltó al suelo y estaba subiendo los escalones hasta la puerta cuando se abrió, y dos personas se pararon allí.

Se quedó boquiabierto, tomando aire a toda prisa. "¿Julia?"

"Hola Sterling", dijo, con los labios temblando mientras hablaba.

"Roose", dijo el sheriff, que estaba junto a Julia, con el rostro endurecido. "Tenemos algunas noticias y no son buenas".

"Lo sé", dijo, blandiendo el papel. "¿Es esto?"

El sheriff lo tomó y lo leyó rápidamente. "Eso es más o menos del tamaño. La pandilla está entrando para robar el banco, y tienen la intención de apartarlos a ti y a Cole cuando lo hagan. Soy viejo, Roose. No hay forma de que pueda hacer esto por mi cuenta, y la ciudad simplemente no tiene la mano de obra o el valor para llevar esto a cabo".

"Sterling". Julia dio un paso adelante, tomando una de sus manos entre las suyas. "He sido una terrible tonta, ciega y estúpida".

"No", dijo, incapaz de evitar que las lágrimas se acumularan bajo los párpados inferiores de sus ojos, "No, no es así. Es mi culpa. Sabía que eras infeliz y yo debería haber..." Negando con la cabeza, se soltó de su agarre, enderezó la espalda y apretó los dientes. "¿Dónde está?"

“Dijo que iba al rancho del señor Rancine. Es donde solía trabajar".

"Dios mío", dijo el sheriff. "¿Seguramente Rancine no estaría involucrado?"

“¿En el robo? No, lo dudo". Le dio a Julia una mirada fulminante. “¿Te dijo algo sobre esto? ¿Con quién estaba confabulado?"

“No, ni una palabra. Sterling, no sabía nada de esto, ¡te lo aseguro! Hablaba de que nos íbamos, de empezar una nueva vida, pero nunca de un robo o de lo que pretendía hacerles a ti y a Cole. Lo juro".

Sus ojos se mantuvieron de ella durante mucho tiempo y podía ver la sinceridad allí, pero aun así le hizo daño saber lo que había hecho. Compartiendo su cama con un hombre que ella apenas lo conocía, y él... Él tiene sentimientos por ella durante tanto tiempo. Y para que ella contemplara... ¿Contempla qué? ¿La muerte de él y Cole?

"No sabía nada de eso", dijo como si pudiera leer sus pensamientos. Ella se acercó y tomó sus solapas en sus manos y por un momento Roose creyó que estaba a punto de sacudirlo. "Tenemos que encontrarlo, detenerlo, y luego tenderemos una trampa a los ladrones. Debemos, Sterling. Es la única forma".

Ella tenía razón, por supuesto. Todo lo que había hecho, errores, juicios erróneos, llámalos como quieras, tenían que dejarse de lado. Lo que importaba ahora era detener a Nolan y su banda, si es que era su banda. "Tienes razón", dijo y sonrió. Vio su rostro cambiar, suavizarse, y luego sus labios rozaron su barbilla. Se alejó, con el estómago revuelto, sin saber cómo reaccionar. Sus sentimientos por ella no cambiaron. "Iré a casa de Rancine. Si Nolan todavía está allí, lo aprehenderé y lo traeré de vuelta. Entonces podemos empezar a hacer los preparativos".

"Ten cuidado, Sterling", dijo.

Se fue con esas palabras estampadas en su mente. Palabras que nunca olvidaría.

CAPÍTULO VEINTICINCO

El Rancho

Sacudiendo la cabeza, el sheriff miró a Julia como si le doliera. "No estoy tan seguro de que sea una buena idea".

"Necesito estar allí cuando Cole regrese, para hacérselo saber. Escucharlo de otra persona no estaría bien".

"¡Pero puedes decírselo aquí!"

"No, irá directamente al rancho. Él siempre lo hace. Nadie en el Fuerte sabrá lo que ha pasado aquí, por lo que seguirá su camino habitual. Volveré al rancho y esperaré por él".

"¿Y si este personaje de Nolan está ahí? ¿Y si no ha ido a casa de Rancine? Y si..."

"Sheriff, el mundo está lleno de qué pasaría si. Si Nolan está allí, me ocuparé de eso". Julia no le había contado a nadie sobre el Colt que tenía en su poder, pero ahora inconscientemente acariciaba el bolsillo donde estaba. "Estaré bien".

"Iré contigo, por si acaso".

"No, se lo dije, estaré bien. Créame. Si Nolan está allí y lo ve a usted, se asustará y podría escapar. Dios sabe, probablemente nos matará a los dos antes de que nos acerquemos a cien metros. El Henry de Cole todavía está encima de la puerta".

"Razones de más por las que debería..."

Ella agarró su mano. "Estará todo bien. Además, necesitas

organizar algún tipo de defensa. Tal vez sacar a los cajeros del banco de allí, cerrar todo con llave, menos la caja fuerte. Vacíela y deje la puerta abierta". Ella captó el ceño perplejo del sheriff. "Tenemos que sorprenderlos, sheriff. Van a entrar aquí pensando que será tan fácil como emborracharse el 4 de julio. Si la ciudad no puede detenerlos con disparos, al menos podemos ponérselos lo más difícil posible cuando vuelvan a tropezar afuera, preguntándose qué diablos está pasando".

"Sí, sí, tienes razón. Pero por favor, debes..."

Un simple apretón de su mano y ella se marchó, cruzando la calle hacia su carruaje. Le hizo un pequeño saludo, luego dejó la ciudad a un trote constante.

Hizo buen tiempo, siguiendo el antiguo camino fuera de la ciudad, por el camino por el que siempre había venido, pero nunca con tanta inquietud. La enormidad de la situación se hundió en su corazón y alma. Nolan. Todo lo que había dicho, las palabras, las promesas, todas fueron mentiras. Se había aprovechado de su vulnerabilidad, y todo para convencerla de que abandonara a Cole después de atraerlo a la ciudad. ¿Era también el plan de Nolan tender una emboscada a Cole y quizás también a Sterling, para matarlos y hacer que el robo del banco de la ciudad fuera mucho más fácil? Maldijo en voz baja cuando los recuerdos de los momentos que había pasado con Nolan pasaron por su mente. ¡Qué tonta había sido, enloquecida tan fácilmente! Tales pensamientos solo sirvieron para hacerla más decidida que nunca a frustrarlo. Hacerle pagar. Sí. No solo su orgullo había sido dañado, sino también su dignidad. No sabía si tenía la voluntad de matarlo, de la forma en que había matado al sargento Burroughs, pero sabía que tenía que enfrentarse a Nolan y demostrarle que sus mentiras no habían funcionado. Y más. Mostrarle lo devastada que estaba ella con su engaño.

El rancho apareció como lo había dejado. Un lugar solitario, ni siquiera los pocos caballos que galopaban alrededor de su campo vallado levantando la atmósfera solemne y oprimida del lugar. Se preguntó, no por primera vez, ¿por qué se había quedado? ¿Quizás era por eso que había saltado con tanto entusiasmo ante la invitación de Nolan? Sola en un lugar solitario. ¿No había nada más calculado para enviarla cada vez más a un pozo de depresión? Lo que Nolan le había ofrecido fue una salida. Una oportunidad. Pero había mentido, usándola para sus propios fines. El odio se desbordó. Sacó el Colt y lo estudió antes de colocarlo en una bolsa de lona. Ella instó al caballo del pequeño coche a avanzar.

Él hombre había llegado un poco antes que ella, con la pistola en la mano, comprobando las habitaciones. Mientras continuaba el silencio, se dio cuenta de que Cole y Roose no estaban allí. No había signos de lucha, ni sillas ni mesas vueltas. Sin sangre. Nolan había mentido. Había engañado a Shapiro. Para qué fines, no lo podía imaginar. Tal vez para ganar tiempo, traicionarlos a todos, asesinarlos y reclamar el dinero de la recompensa. Mejor que un recorte de las ganancias de la redada bancaria. Podría ser. Shapiro solo ¿cuánto valía?, ¿cinco mil vivo o muerto? Eso era el dinero de toda una vida. Si el banco tenía una cantidad considerable, ¿cuánto podía esperar tomar Nolan? Dos mil como máximo. Sí, eso era todo. Tenía que ser. Se había convertido en cazar recompensas de todos ellos.

El sonido de los cascos que se acercaban lo impulsó a la acción. Corrió al pequeño cuarto trasero y salió por la puerta. El frío lo golpeó como un puño y, con una mano alrededor del cuello y la otra en la pistola, se agachó contra la pared del fondo y esperó.

Desde el otro lado, podía escuchar el pequeño coche detenerse, el freno de mano activado, el sonido de sus botas golpeando el suelo cuando el conductor saltó. Todo fue muy silencioso. Como la tumba. El pensamiento le hizo estremecerse.

Desde adentro, la puerta se abrió de golpe, una voz femenina gritó: "¿Cole? Cole, ¿estás aquí?"

Pero, por supuesto, él no estaba. ¿Estaba al tanto de la traición de Nolan? Su voz era trémula, entrecortada. Luego vinieron los sollozos y decidió moverse, rodeando el costado de la puerta abierta. Se paró en la puerta y miró. Una mujer hermosa, con la cabeza gacha, lágrimas goteando desde la punta de su nariz hasta la mesa. Podría haber estado de pie y observarla durante mucho tiempo. En cambio, cruzó el umbral, montando el martillo de su arma mientras lo hacía.

CAPÍTULO VEINTISÉIS

Cole

El segundo teniente Morris se quedó de pie, hipnotizado, mientras Cole desmontaba. "¿Qué que ha sucedido?" Preguntó, recorriendo con la mirada los caballos cargados con su terrible cargamento. Cuerpos envueltos en sábanas o mantas blancas. Cole simplemente se encogió de hombros.

"Nos tendieron una emboscada. Se llevó a muchos de nuestros muchachos. El Capitán, él... Bueno, digamos que está entre los hombres que perdimos".

"Pero, su esposa. Envió un cable diciéndonos que vendrá. A unirse a él".

Tomando la mirada desconcertada del joven oficial, Cole se tragó el diminuto grito que intentaba estallar de su boca. ¿Qué se suponía que debía decirle la señora? Le competía a él hacerlo, el Oficial sobreviviente en la tropa. "Voy a conocerla. Hágaselo saber". Él sopló la respiración. "Obtenga un detalle para llevar los cuerpos alejados, teniente. Prepárelos para el entierro. Pero no estos muchachos", indicó los sobrevivientes agotados y desaliñados. "Deberán quedarse solos durante bastante tiempo".

"Me ocuparé de ello, señor".

Asintiendo, Cole se dirigió a la sala de consumo. Luego un

baño. No había manera de que pudiera salir y ver a Julia en el estado en el que estaba. Ella nunca le había hablado de nuevo.

Fue al bar y bebió, con los ojos clavados en la nada, deseando por Dios tener el poder de hacer retroceder el tiempo, o al menos las agallas de haberle dicho al capitán que no bajara por ese barranco. A pesar del whisky, o tal vez a causa de él, sabía que este iba a ser su último deber. Julia se sentiría aliviada, él también lo sabía. Ver su rostro iluminarse cuando él le dijera, que eso sería todo. Él haría el esfuerzo, le mostraría el cuidado, sí, el amor, para hacerla sentir como en casa con él. Eso era lo que importaba ahora, más que cualquier otra cosa.

En las habitaciones de arriba, se sumergió en el baño caliente que había pedido antes de sus whiskies. Disfrutando de los perfumados aceites de baño, echó la cabeza hacia atrás, cubriendo el extremo con las piernas. Cerrando los ojos, se permitió ir a la deriva, la tensión inmediatamente desapareció de sus músculos. Incapaz de luchar contra su cansancio, se durmió profundamente. En segundos estaba roncando.

Persistente y rudo, alguien en algún lugar lo hace consciente.

"¡Cole! ¡Cole! ¡Despierta!"

Con los ojos abiertos de golpe, Cole se sentó erguido, parpadeando en su confusión. Un hombre está ahí, alto, ancho de hombros, con un rostro marcado por la preocupación.

Sterling Roose.

"¿Qué es...?" Cole se dio cuenta de repente de lo fría que estaba el agua, colocó ambas manos en el borde de la bañera y se puso de pie. Envolviendo sus brazos alrededor de su pecho, se estremeció violentamente. "¿Cuánto tiempo tengo...?"

"Eso no importa", escupió Roose. "Ponte la ropa y encuéntrame abajo. Tenemos una situación".

. . .

Con solo tiempo para un sorbo rápido de café, Cole sigue a su amigo a la luz del día. "Acabo de regresar del rancho de Rancine", dice Roose mientras camina a grandes zancadas por el patio de armas vacío hacia donde esperan dos caballos ensillados. "Me dijeron algunas cosas, todas las cuales encajaban para formar una gran imagen de nuestro amigo".

"Sterling", dice Cole, agarrando a su amigo del brazo. "¿De qué estás hablando?"

Haciendo una mueca, Roose se acerca a su amigo. "Nolan. Planea robar el banco en Paradise. Originalmente, él iba a asesinarnos a ti y a mí, hasta que Julia lo juntó todo".

"¿Julia? Sterling, no tengo ni idea de lo que estás hablando".

Eso, le dice Roose. Todo, incluido lo que había aprendido de Rancine. Cómo debe haber sido Nolan quien había asesinado a uno de los principales vaqueros allí, y luego asesinado a un joven vaquero en el cementerio, el joven vaquero que Nolan había contratado para atacar a Julia. Todo. Las sospechas de Julia, cómo se enteró de lo que significaba todo y la nota que lo confirmaba. Cole escucha, el cuerpo gradualmente se vuelve líquido. Débil, desorientado, le toma algo de tiempo darle sentido a lo que ha oído. Algo de eso le hace querer estar enfermo. ¿Por qué Julia se acostaría con Nolan? Esta, la parte más devastadora, hace que muera un poco por dentro. "Querido Dios", fue todo lo que pudo lograr decir.

"Escucha", dice Roose, ignorando el evidente dolor de su amigo, "voy a la ciudad para ayudar al sheriff a organizar las cosas. Ve a tu casa y asegúrate de que Julia esté bien. Tráela de vuelta a la ciudad. Ella no está a salvo por su cuenta. Si Nolan volviera..."

"Sí", asiente Cole débilmente, levantando una mano, "sí, entiendo Sterling".

"¿Estás seguro de que va a estar bien?"

"Estaré bien".

Sin estar convencido de ello, Roose se sube a la silla. "Ve tan rápido como puedas. Ninguno de nosotros sabe con quién estará confabulado Nolan, pero debe ser una banda de al menos media docena. No estarán esperando el comité de recepción que les pondré en su lugar, les puedo garantizar eso".

Asintiendo, Cole acaricia el cuello de su caballo durante un tiempo considerable mientras observa a su viejo amigo atravesar las puertas del fuerte.

Es como si todo su mundo hubiera sido cortado por debajo de él. ¿Por qué ella haría eso? De acuerdo, puede ser que él no sea el más locuaz de todos, nunca le había dado a ella algún indicio de sus sentimientos, sus esperanzas y planes, pero aun así... Con un suspiro estremecedor, se sube a la silla y conduce suavemente su caballo a través de las puertas. Roose ya es poco más que una mancha negra en el horizonte, galopando con fuerza en dirección a Paraíso. El rancho de Cole está en la dirección adyacente y no se acercará más a menos que se mueva pronto.

Preguntándose qué encontrará, Cole finalmente espoleó a su caballo. Con cada paso palpitante, su determinación crece. Pronto, una dureza regresa a sus extremidades, las náuseas desaparecen. Decidido a hacer lo que sea necesario, Cole cabalga con la espalda recta y la mandíbula firme.

CAPÍTULO VEINTISIETE

En el Rancho

Julia miró hacia arriba, con un pequeño grito ahogado en los labios, y miró a los ojos oscuros del extraño. Estaba sonriendo, el arma firme en su mano.

"Dios mío, *señorita*, qué bonita se ve". Entró de lleno en la pequeña habitación.

Julia no se inmutó. De una manera extraña e inexplicable, había estado esperando que viniera alguien, si no este hombre en particular. Desde que supo la verdad sobre Nolan, lo que estaba planeando, supo que tendría que haber algún tipo de ajuste de cuentas. Entonces, aunque la repentina aparición de este hombre la asustó, estaba preparada. En su regazo estaba la bolsa de lona que contenía el Colt. Esperó el momento oportuno, mirando al hombrecillo que se acercaba a la mesa.

"¿Dónde está Nolan?" Preguntó el hombre.

Un pequeño trago antes de responder. "No lo sé".

Inclinó la cabeza hacia un lado, frunciendo el ceño. "No le creo". Escaneando la habitación, se rio entre dientes. "¿Los ha matado?"

"¿Ellos? ¿Se refiere a Roose y...?

"¡Roose y *Cole*, sí! ¿Lo ha hecho?"

“Por supuesto que lo ha hecho. Sospecho que incluso ahora está regresando al escondite. Si se va ahora, lo alcanzará".

La sonrisa del hombre se convirtió en una mueca grotesca. "Buen intento, mi linda, pero no creo que Nolan vaya a ninguna parte, excepto al infierno".

Se paseó por la habitación, recogió artículos, abrió un cajón en el escritorio debajo de la ventana cerrada, que también abrió y miró a los alrededores. "Tiene unos buenos caballos", dijo de espaldas a ella. "¿Se ocupa usted de ellos mientras él no está aquí?"

"Sí. Entre otras cosas".

"Sí. Puedo imaginar". Una risa irónica. "¿Dónde está?"

"Se lo dije, Nolan, él..."

"No me mienta", gritó, dándose la vuelta para mirarla, con el arma en la mano.

Bajó los ojos y al momento se centró en el Colt Pacificador que ella tenía en la mano. Su sonrisa se ensanchó.

Entonces ella le disparó.

La explosión sonó increíblemente fuerte en los pequeños confines de esa pequeña habitación. Echado hacia atrás contra la ventana, se quedó de pie, boquiabierto, la incredulidad grabada en sus rasgos. La miró mientras ella soltaba el martillo para disparar un segundo tiro. Este acto pareció reanimar sus sentidos y cuando ella disparó de nuevo, él también lo hizo.

Esta vez, la explosión combinada sonó aún más fuerte.

CAPÍTULO VEINTIOCHO

El Campamento

Shapiro regresa de su prolongada vigilia, de pie en un alto afloramiento para observar las señales del caballo de su hombre. Ahora va a la fogata, llena una taza de hojalata con café amargo y la escurre, arrojando la escoria al fuego. Sus ojos recorren a los hombres reunidos. Algunos limpian sus armas, otros revisan sus sillas de montar. Nolan se sienta un poco apartado, cortando una delgada pieza de madera. Shapiro reajusta el cinturón de su arma y se acerca a él. "Cuéntame de nuevo cómo los mataste".

Nolan se detiene, la hoja está a medio camino a través de la madera, y mira fijamente a la cara de Shapiro. "¿Qué dijiste?"

"Dijiste que los mataste. Cole y su amigo. ¿Cómo los mataste, *amigo?*"

"Te dije. Estaban borrachos. Los maté mientras dormían".

"Sí, pero te vuelvo a preguntar... *¿Cómo?*"

Nolan traga saliva. Con un golpe violento, corta la madera con su cuchillo y lo arroja al suelo. "¿Qué es esto de nuevo, Shapiro? ¿No me crees?"

"Solo tengo curiosidad, eso es todo. Usaste eso", señala el cuchillo en el puño de Nolan. "¿Quizás les cortaste el cuello?"

"Ya que estaban durmiendo, sí".

Shapiro hace una mueca. "No es tan fácil hacer eso". Él enfatiza su punto pasando las yemas de los dedos de una mano a los lados por su propia garganta. "Allí hay mucho de lo que se llama cartílago. Y ligamentos. Te sorprende que sepa tanto, ¿eh? Tienes que cortarlo todo, como lo harías con un trozo de madera". Se ríe y permite que su mano izquierda caiga junto a su pistola enfundada.

"No si lo haces aquí", dice Nolan, clavando dos de sus dedos en la arteria carótida de su cuello. "Cortas eso, entonces es hora de buenas noches".

"Y eso es lo que hiciste, ¿eh?"

"Sí".

"¿Tan simple como eso?"

"Sí. Tan simple como eso". Él enfatiza cada palabra, sus ojos nunca vacilan. Shapiro lo mide, buscando un estremecimiento, un parpadeo, cualquier cosa que pueda poner una duda en su mente. Pero Nolan permanece impasible. Frío. "Estaban borrachos. Primero lo hice con Cole, ya que es el más peligroso, luego con Roose. No creo que lo supieran".

"Sangre".

"¿Eh?"

"Debe haber habido mucha sangre. Recuerdo que le disparé a un hombre en ese lugar", golpea la arteria de Nolan", y la sangre salió como una cascada. Cascada de sangre roja". Otra sonrisa. "Entonces, ¿cómo es que cuando viniste aquí para decirnos, no tenías sangre en tu ropa?"

"Me cambié de ropa".

"Ah. ¿Dónde? ¿En la cabaña de Cole?

"Sí".

"Entonces viniste aquí directamente, ¿es eso?"

"Correcto. Shapiro, si tienes algo que decir, ¿por qué no simplemente...?

"¿Y tu cuchillo? ¿Tú también limpiaste eso? ¿Sus botas? ¿Tus manos? Todo limpio. Mucho tiempo para limpiar todo eso, ¿no?"

"Obviamente, ya que estaban muertos, y no pensé que ellos estarían..."

"¿Y la mujer?" Nolan se detiene y parpadea. Los ojos de Shapiro se agrandan, junto con su sonrisa. "Cole tiene una mujer, ¿no? ¿Dónde estaba ella mientras sucedía todo esto?"

"No sabía que tenía una mujer".

"¿No? ¿Estás seguro, *amigo*?

"Por supuesto que estoy seguro. ¿Por qué yo habría de...?" Su voz se desvanece mientras mira con horror el pequeño pañuelo de seda que Shapiro cuelga en su mano. Bordado alrededor del borde hay un motivo rojo en forma de corazón.

"¿Reconoces esto, *amigo*? Estaba en tu alforja. Mientras dormías, revisé tus cosas. Encontré esto, y dentro, una nota".

"Hijo de..."

Antes de que Nolan pueda reaccionar, la mano del arma de Shapiro se mueve como un borrón y, de repente, Nolan se enfrenta al cañón de un Remington de la Armada, amartillado. "Su pequeña nota es muy conmovedora. Puedes pensar que soy un mexicano ignorante, pero conozco bien mis cartas. Ella te ama profundamente, así que creo que has hecho un pequeño trato con ella. Un trato que podría incluir a Cole, ¿eh? Así que, por favor, no más tonterías. Quiero la verdad, *amigo*, o te meteré una bala en el cerebro".

Tres de la pandilla lo arrastran a un árbol cercano. Lo desnudan y ahora espera desnudo, tiritando en el aire helado de la tarde, mientras le amarran las muñecas con correas de cuero. Shapiro se pone de pie y examina el cuchillo de Nolan. Luego hace una orden y, atando una cuerda a las correas, lanzan un extremo sobre una rama y levantan a Nolan en el aire, donde cuelga, los brazos por encima de la cabeza, los ligamentos de los hombros estirándose. Está chillando y el sonido le recuerda a Shapiro los cerdos que tenía su madre cuando él era un niño. Hace mucho tiempo. Como un sueño.

"¿Ahora, jefe?"

Shapiro sonríe y asiente.

El chasquido del látigo trae recuerdos aún más felices.

Después de contarle a Shapiro todo lo que necesitaba saber, el líder de la pandilla ordena a sus hombres que se monten. Mientras se apresuran a obedecer, Shapiro se toma un momento para ponerse en cuclillas junto al cuerpo tembloroso y ensangrentado de Nolan. "Entiende esto", le dice en voz baja, "cuando regresemos, traeremos con nosotros a tu mujer. Me deleitaré con ella y tú observarás. Después, cuando veas lo feliz y contenta que esté, te mataré. Hasta entonces", acaricia la mejilla de Nolan, "que estés bien".

Riendo, se aleja pavoneándose.

"Darius", ladra y uno de los miembros de la pandilla mira hacia arriba, frunciendo el ceño. Quédate con él. Asegúrate de que no muera".

"Pero jefe, yo quiero..."

"¡Si él muere, tú también!"

Decepcionado, Darius pisa fuerte lejos de su caballo, con la cabeza gacha, murmurando algo.

Mientras tanto, Shapiro destaca a otros dos. "Tomen el camino hacia el rancho de Cole. No quiero errores esta vez. Mátenlo".

Shapiro hace girar su caballo en dirección a Paraíso, levanta su sombrero y lo agita como si estuviera poseído. "¡Cabalguen, *muchachos*!"

Con muchos gritos y fuetazos en las grupas de los caballos, la pandilla sale del campamento, cada uno de ellos sonriendo con la expectativa de las emociones por venir.

"Debes beber", dice Darius, arrodillándose junto a Nolan. Le ofrece una cantimplora de agua, que Nolan traga con gratitud. "No tan rápido mi amigo. No quieres morir ahogado". Él se ríe.

Revivido un poco después de beber, Nolan se apoya sobre un codo y mira fijamente al rostro del hombre. "¿Se han ido?"

"Sí, *amigo* mío", se burla Darius, llevando la cantimplora a los labios de Nolan de nuevo. Sonríe mientras Nolan bebe. "Eso es. Cuando puedas sentarte, te prepararé algo de comer". Suspira y mira a lo lejos, donde una nube de polvo que se extiende es la única evidencia de la partida de la pandilla. "Ojalá estuviera con ellos".

Gruñendo, Nolan se enjuga el sudor de los ojos con el dorso de una mano temblorosa. Estudia a Darius o, más exactamente, la forma en que usa su bandolera. Con el vientre cruzado, agarre hacia su lado derecho. El lado más cercano a Nolan.

Casi sonríe ante la estupidez del hombre.

En un movimiento fluido, Nolan saca el arma y le mete dos rápidas balas en las tripas de Darius. El hombre grita y es lanzado hacia atrás donde se retuerce en el suelo.

Mientras tanto, Nolan intenta sentarse. El dolor en la espalda, donde el látigo mordió tan profundamente, hace que se agarre y reprima su propio grito con los dientes apretados. Dándose una distracción, centra su atención en Darius, que se dobla, se dobla y se agarra el estómago con las manos. "Maldita sea", respira Nolan y le dispara en la cabeza.

El silencio desciende y Nolan agradece a Dios por ello.

CAPÍTULO VEINTINUEVE

El Rancho

Parecía algo salido de una tierra lejana, atrapado como estaba por el invierno. La nieve se había asentado, arrojando todo en una reconfortante manta blanca. Al menos desde la distancia. El aire, sin embargo, casi quema la garganta por lo frío. Tomando las riendas, acurrucado en su abrigo y mirando, Cole supo que algo andaba mal tan pronto como vio al caballo atado al costado del establo. Era un caballo que no reconoció, el aparejo negro azabache, tachonado de joyas, no era algo que nadie que él conociera montaría. Deslizándose de su propia montura, sacó la carabina de repetición Henry de su vaina y bajó la ligera pendiente que conducía a la cabaña, manteniéndose agachado. Saltando de una miserable pieza de cobertura a la siguiente, sus botas crujían a través de la nieve. En el espeluznante silencio, el sonido resonó por todo el valle y estaba seguro de que en cualquier momento aparecería alguien con las armas preparadas.

Nadie lo hizo. Cole se agachó detrás de una roca helada, expuesto a las ráfagas de viento más feroces, y amartilló su carabina. Su rostro hormigueaba con una miríada de pequeñas agujas que siempre apuñalaban su carne expuesta. Si se veía obligado a permanecer afuera durante la noche, sabía que no vería la mañana. El sol ya estaba bajo en el cielo y calculó que quedaba menos de una hora de luz. Tomando un respiro, tomadas las decisiones, cargó desde su posición a cubierto y zigzagueó hacia la puerta abierta.

Sin reducir la velocidad, pasó corriendo junto al carruaje de Julia, lo que provocó que el pequeño y duro poni se sacudiera y relinchara ruidosamente, y continuó subiendo los escalones hasta la puerta. Saltó a través de la abertura con la esperanza de atrapar a quienquiera que estuviera adentro desprevenido. No sabía a quién encontrar, pero sabía que no sería Roose. Si alguien estaba reteniendo a Julia, la retribución estaba cerca. Quizás era Nolan. Que Dios le ayude si se trataba de él.

La primera vista que enfrentó fue la de un pistolero muerto, apretujado debajo de la ventana abierta, con los ojos clavados en la nada. Punteando su cuerpo había dos enormes agujeros negros de sangre seca y, junto a él, una pistola. Eso solo podía significar una cosa.

Volvió la cabeza lentamente, rezando por no encontrar nada, porque quienquiera que hubiera matado a este hombre se habría ido hace mucho tiempo.

Cole no era un hombre acostumbrado a rezar. Fe, creencia, llámelo como quiera, no eran conceptos que él entendiera ni se hubiera preocupado nunca. Quizás debería hacerlo porque ahora, mirando al otro lado de la habitación, la veía tirada en un montón arrugado, la sangre en un amplio charco a su alrededor, y durante mucho tiempo no tuvo el valor, ni la fuerza para moverse.

Ella estaba muerta. Eso estaba claro, incluso desde donde estaba sentado podía ver eso, y cuando se dio cuenta de esto, las lágrimas brotaron. Si hubiera mostrado algún indicio de sus sentimientos por ella, entonces tal vez nada de esto hubiera sucedido. No sabía nada de lo que había sucedido, pero sabía que algo terrible había sucedido. Arrastrándose hacia ella, los sollozos lo atravesaban, le levantó suavemente la cabeza entre sus brazos y la acunó allí. La bala la había golpeado en la garganta, la sangre de su vida era una corriente oscura y profunda que caía en cascada por su corpiño. Ella estaba tan fría en sus brazos. Tan fría...

Más tarde se paró en el porche y se fumó un cigarrillo, la columna de humo azul se mezcló con su aliento humeante. Vio la puesta de sol y supo que su vida estaba pasando una nueva página. Julia, desaparecida, su amor tácito flotando en el viento, junto con su corazón, ahora tan congelado como el paisaje invernal.

No sabía cuánto tiempo pasaría antes de que llegara el deshielo.

CAPÍTULO TREINTA

El Robo

El sol no era más que una mancha tenue cuando los jinetes llegaron a la ciudad, enfundados en sus gruesas mantas y sombreros abarrotados con fuerza en sus rostros contraídos. Todos llevaban guantes y bufandas, pero el frío les penetraba la carne y los hacía lentos, cansados. A la cabeza de ellos, Shapiro escudriñó las calles. No esperaba ver a nadie tan temprano y su plan era encontrar la taberna más cercana, esperar hasta que el banco abriera a las nueve y luego atacarlo con todo lo que tenían. Después de haber comprobado, por supuesto, que las palabras de Nolan eran verdaderas.

Con dos hombres de pie afuera, dando patadas, Shapiro atravesó las puertas batientes del Hotel Parody y Salón, tres de su pandilla detrás de él, todos ellos gimiendo de éxtasis por el calor de los quemadores de leña gemelos colocados en los rincones más alejados que los golpearon con un fuerte calor.

De algún lugar apareció un hombre de aspecto frágil, encorvado por la edad, con un balde lleno de agua humeante en una mano y una fregona en la otra. Se detuvo bruscamente mientras miraba a Shapiro y sus hombres. "Oh Dios mío", dijo.

"Necesitamos café", espetó Shapiro, quitándose el abrigo. Alrededor de su cintura tenía dos pistolas, con las culatas giradas hacia adelante, y sobre su pecho una bandolera repleta de cartuchos que terminaba en una pistolera. Los demás, igualmente armados, se acomodaron en una gran mesa redonda, estiraron las piernas y expulsaron grandes corrientes de aire.

"No hemos abierto todavía", dijo el hombre, con la voz temblorosa, al igual que las cosas de limpieza en su mano. Dejó el cubo en el suelo antes de que se le escapara de las manos.

"Ya está abierto", gruñó Shapiro, sacando una de sus armas para subrayar su punto. "Café".

Sin una palabra, el viejecito corrió detrás del mostrador y desapareció en una habitación más allá.

"¿Qué hora es?", Preguntó Shapiro a nadie en particular mientras enfundaba su arma.

“Me gana”, dijo uno de sus hombres. "Demasiado temprano, eso es seguro".

"Son las seis y veinte", dijo uno de los otros, el orgulloso propietario de un reloj de bolsillo con incrustaciones de plata que llevaba colgado de una cadena en su amplio estómago. Cerró la tapa de golpe y dejó caer el llavero en su lugar en el bolsillo del chaleco. "Eso nos da dos horas y media para matar".

Los otros se quejaron.

"Mejor si relevamos a Tweedy y Ramón", dijo Shapiro, inclinándose sobre el mostrador para encontrar media botella de whisky en el estante. Sonriendo, sacó el tapón con los dientes, escupió el corcho y tomó un trago. Jadeando, estudió el líquido dentro de la botella antes de lanzar una mirada a los demás. "Diles que entren".

Mientras uno de los hombres obedecía, Shapiro se volvió y se apoyó en la barra con los ojos cerrados. Dos horas y media...

Otro hombre entró por la puerta trasera, todavía vestido con camisón. Echó un vistazo a Shapiro y se quedó boquiabierto. "Caballeros", comenzó, acercándose, "no es habitual que nosotros..."

"Sólo traiga el café", dijo Shapiro con voz aburrida sin mirar al hombre, "o de lo contrario los mataré a todos y prenderé fuego a este viejo y apestoso lugar".

Al instante, el hombre, decidiendo sensatamente no discutir, desapareció sin decir una palabra en la trastienda.

Se abrieron las puertas batientes y entraron los demás, frotándose enérgicamente. "¡Hace tanto frío ahí fuera!"

"Caliéntense junto al fuego, muchachos", dijo Shapiro, tomando otro trago, "tenemos tiempo de sobra".

"Es tan silencioso como la tumba afuera", dijo uno de ellos, moviéndose hacia la estufa de leña más cercana, con las palmas extendidas.

"Tal como me gusta", dijo Shapiro y cerró los ojos una vez más.

Empujando al viejecito por la puerta trasera, el gran dueño le susurró: "Dile a Roose que están aquí".

"¿Te acuerdas de lo que tienes que decir, verdad Lawrence?"

"Por supuesto que sí. ¡Ahora, vete!"

El anciano se escabulló con la velocidad de una tortuga vieja y desgastada. Lawrence suspiró profundamente antes de regresar adentro y se puso a preparar el café.

Arrojó el cuerpo del pistolero a campo abierto, sabiendo que tan pronto como se sintieran lo suficientemente seguros, los buitres lo harían rápidamente. Naturalmente, se tomó más tiempo con Julia, lavándole la sangre e incluso peinándole el cabello antes de acostarla en la cama. Inclinándose cerca, la besó suavemente, algo que nunca había hecho mientras ella estaba viva, y la cubrió con una manta. Luego entró en la habitación e hizo todo lo posible por ordenar, limpiando la sangre, que casi le revuelve el estómago. Quizás durmió una hora, pero pronto se despertó, a pesar de que le dolían las articulaciones y las lágrimas le picaban en los ojos. Obligado a romper el hielo que se había formado en la superficie del lavabo, se echó agua sobre la cara y se sintió un poco revivido. Sin embargo, nada podría borrar la imagen del cadáver de Julia, imágenes que simplemente no desaparecerían.

Fuera de nuevo, respiró hondo varias veces antes de desenganchar el pequeño coche. Llevó al poni y el caballo del pistolero muerto al prado para unirse a los demás. Cuando haya regresado, después de priorizar el entierro de Julia, llevaría los animales al establo donde podrían pasar las frías noches.

La normalidad, sabía, volvería pronto.

Junto con la soledad.

Algún tiempo después, con el avance de la mañana, se alejó sin saber qué esperar, solo que pronto, Nolan y sus hombres entrarían e intentarían robar el banco. Roose habría hecho su trabajo, de eso estaba seguro Cole, y no pudo evitar sonreír ante la perspectiva de lo que estaba por venir.

El fuerte chasquido de la tapa del reloj de cadena al cerrarse hizo que todos saltaran. "Son poco más de las nueve".

Shapiro, que había estado dormitando en el rincón más alejado junto a la estufa de leña, se sentó, bostezó y se estiró lujosamente. Automáticamente alcanzó la botella de whisky que estaba en el suelo junto a él. Terminando, se puso de pie, moviendo los hombros, aliviando los calambres en sus músculos. Miró al camarero colocando vasos y botellas detrás del mostrador y se paseó mientras sus hombres revisaban sus armas por enésima vez. Se miró la mano derecha, el índice y el pulgar deformados y los flexionó y aflojó, haciendo una pequeña mueca. "¿Estás seguro de que Cole no está cerca?"

El camarero se volvió con expresión seria. "Como te dije, se rumorea que se mató en su última salida contra algunos apaches".

“¿Y Roose?”

“Eso fue desagradable, y el sheriff está investigando incluso ahora. En el rancho de Cole. Se fue tarde anoche y no ha regresado".

"¿Desagradable de qué manera?"

"La mujer entró aquí como una gallina asustada, gritando que había habido una pelea en la cabaña y que habían disparado a Roose. Ya no lo sé".

"Suena conveniente".

"Conveniente o no, creo que es la verdad".

"Si resulta ser una tontería", dijo Shapiro, inclinándose sobre el mostrador y agarrando al tabernero por el cuello, "volveré por ti, *amigo*".

La mandíbula del hombre tembló mientras farfullaba: "Solo estoy diciendo lo que me dijeron".

Con un fuerte empujón, Shapiro soltó al hombre y luego se dio la vuelta para enfrentar a su pandilla. "Mantengan su ingenio sobre ustedes, muchachos. Vamos a golpear al banco fuerte y rápido".

Todos se pusieron en movimiento detrás de él cuando salió.

El viento helado los golpeó a todos instantáneamente. Shapiro se apretó el cuello y caminó hacia la calle principal, moviendo la cabeza hacia la izquierda y hacia la derecha. No había nadie. Ni un alma. Ni siquiera un caballo. Tenía que ser el frío, no podía haber otra razón por la que este lugar de repente se había convertido en poco más que un pueblo fantasma.

Si Shapiro casi lo sabía, había una sencilla razón. Sterling Roose, si no el arquitecto, entonces el verdugo del plan, estaba en los establos de librea, sumido en las sombras, mirando a la pandilla que pasaba a grandes zancadas. Podía atacar ahora, matándolos a tiros en un santiamén, pero Cole, que había llegado hacía poco menos de una hora, lo tomó del brazo y negó con la cabeza.

"Espera", fue todo lo que dijo.

Así lo hicieron, rechinando los dientes, la ira hirviendo al ver la arrogancia arrogante de la pandilla.

"¿Cuántos contaste?" preguntó Roose.

"Seis. Habrá un séptimo en el salón, con los caballos. Los traerá al banco tan pronto como comience el tiroteo". Respiró hondo, preocupado. "Pero Nolan no está entre ellos".

"Eso me preocupa. Podría estar esperando en algún lugar, como respaldo".

"Como líder, estaría allí, justo al frente. Cualquier otra cosa y los demás no seguirían".

"¿Entonces, qué es lo que estás diciendo? ¿Que Nolan no es su líder?

"Creo que es el que está al frente. Lo conozco de alguna parte, pero no puedo fijarlo en mi mente... Tiene algo sobre él, una presencia. Es su jefe, estoy seguro".

"¿Y Nolan? ¿Dónde está?"

Una luz cegadora brilló instantáneamente en los ojos de Roose y, girando su rostro para mirar a Cole, pronunció con los dientes apretados: "¡Julia!"

Roose se dispuso a moverse, pero Cole lo agarró y tiró de él hacia las sombras. "¡No seas tonto! Si te ven, se darán cuenta de que es una trampa y saldrán de aquí como si los perros del infierno los persiguieran".

"Pero nosotros no podemos..."

"Hacemos esto primero", dijo Cole, apretando el agarre. Todavía no le había contado a Roose los horrores de lo que había sucedido en el rancho, sabiendo que su viejo amigo ya estaría corriendo para verlo por sí mismo. Necesitaba convencerlo de que todo estaba bien. "Nolan se ha ido, Sterling".

"No puedes estar seguro de eso".

"¿De qué le beneficiaría hacerle daño a Julia?" Tuvo que darse la vuelta mientras nuevas lágrimas amenazaban con brotar. "Vamos, pongámonos en posición y hagamos esto".

Corrieron a través de la puerta principal, rifles Winchester listos, cubriendo todo el interior del banco.

"¿Qué...?"

Nada más que un espacio frío y vacío les devolvió la mirada. Sin cajeros, sin clientes. En el mostrador donde se sentaban los empleados, las sillas esperaban vacías debajo, los papeles apilados, los lápices afilados y listos. Pero nadie para hacer nada.

Uno de los miembros del grupo saltó sobre el mostrador, pateó la puerta de la oficina del gerente y se puso de pie, respirando con dificultad. De espaldas a todos, jadeó: "No hay nadie aquí".

Otro, levantando la escotilla esta vez, se acercó a la enorme caja fuerte pintada de verde y gimió. "Jefe, esto está abierto". Se dio la vuelta, con el rostro pálido y los labios temblorosos. "Ha sido limpiada".

Un terrible tamborileo había estado creciendo en los oídos de Shapiro y ahora se dio la vuelta y se llevó las manos a los lados de la cara. "No, no, no", gritó, sin querer creer nada de eso, esperando que una vez que abriera los ojos, se encontraría de vuelta en el escondite, todo un sueño. Una pesadilla.

"Jefe, ¿qué vamos a hacer en nombre del Todopoderoso?"

Shapiro levantó la cara para encontrarse con todos los miembros de su aterrorizada pandilla y se recompuso lentamente, superando la incredulidad, el temor. “Nolan. Nos traicionó, advirtió a la ciudad". Ambas manos se levantaron, cerrándose en puños apretados. "Voy a arrancarle los pulmones. ¡Sus pulmones!"

Caminando hacia la puerta, un toro embistiendo fuera de control, se tambaleó hacia el frío, ignorándolo, apenas consciente de lo silenciosa que estaba la calle. Más que silenciosa. Abandonada. Blandiendo los brazos en una voltereta salvaje, le hizo una señal a su hombre en el salón, rugiendo a todo pulmón: *"¡Trae los caballos!"*

A través de una brillante neblina de odio, creyó ver algo. Algo que no debería estar allí, no ahora, no en este lugar árido y muerto. Incluso cuando sus hombres se desparramaron a su alrededor, todavía no podía creerlo. Hasta que la visión fuera tan cercana, no podría ignorarla.

"Tú", se las arregló, su voz no era más que una llovizna de algo de lo que nunca quiso ser parte de nuevo. El fracaso.

Ante él, la visión se detuvo, indiferente, distante, casi como si fuera lo más natural del mundo para él estar allí. Porque era un "él".

"Hola Shapiro", dijo Cole.

Roose salió de detrás del otro lado del banco y sostenía una escopeta recortada de dos cañones en las manos, la Remington en la funda y otra en el cinturón. Se alegraba de tener tanto poder de abeto porque desde donde estaba, los ladrones de bancos también estaban bien preparados. Todos estaban frente a Cole, sin saber que Roose estaba detrás de ellos. Una vez que comenzara el tiroteo, si optaban por no dejar sus armas de fuego, sería una gran sorpresa para todos.

Cole estaba hablando, su voz tranquila, como siempre. "Ustedes, muchachos, bajen las armas y coloquen las manos en la cabeza. Aquí no hay nada para ustedes, así que abandonen ahora mientras aún se ve bien".

Como respuesta, recibió una enorme y burlona carcajada de Shapiro, quien, aunque su propia voz temblaba, fingió que estaba tan indiferente al ver a Cole allí como lo estaría al encontrar un pájaro volando por encima de su cabeza durante un paseo por el campo. "Y así habla el señor Reuben Cole. Chicos, este es el gran explorador del Ejército de los Territorios, un hombre que me quitó la libertad y al que he jurado matar".

"La única persona que te quitó la libertad fuiste tú mismo".

"Ah, sí, dirías eso, ¿no es así, Cole?, para disfrazar tu propia deshonestidad. ¿Qué pasó con el dinero que sacamos de ese banco, eh Cole? ¿A dónde fue a parar?"

Cambiando su peso a su pierna izquierda, Cole frunció el ceño. "Fue devuelto. Como siempre".

"Sabes que no fue así. Y ahora este banco, vacío. ¿Por quién, me pregunto?"

"Hablas demasiado".

"Ah, tocó un nervio, ¿eh? Bueno, no te preocupes. Somos seis, amigo mío. Depende de ti tirar las armas. Entonces, solo seremos tú y yo". Sus dientes brillaron en un gruñido de aspecto desagradable.

Mientras sus hombres se ponían tensos y se preparaban, se escuchó una voz detrás de ellos. "Me lo tomaría con calma, muchachos", dijo Roose.

Un repentino cambio de humor cayó sobre la pandilla, uno de incertidumbre cargada de miedo. Los hombres volvieron la cabeza y, al darse cuenta de que las probabilidades ahora estaban igualadas, barajaron y refunfuñaron.

Shapiro respondió rápidamente, su voz tensa por la tensión. "Nos vamos a mudar chicos. Steady hazlo y ustedes manténganse listos".

"Ríndanse", dijo Cole. "No puedo permitir que se alejen de aquí".

"No eres un hombre de la ley, Cole. No tienes autoridad".

"Él no tiene autoridad", dijo Roose, "pero yo sí, y tengo toda la autoridad que se necesita. Actúo como sheriff y les ordeno que arrojen sus armas".

Dudando, los pandilleros se miraron unos a otros. "¿Qué hacemos, jefe?" preguntó uno de ellos.

"Nosotros los aceptaremos", continuó Cole, "y aquellos de ustedes que no quieran los dejaremos ir de nuevo. Eso es mejor que morir, muchachos".

"Eres tú quien morirá si no nos dejas partir", dijo Shapiro, agitando su brazo nuevamente hacia el que sostenía los caballos fuera del salón. "Nos veremos de nuevo, Cole".

"No. No nos veremos. Eres un hombre solicitado, Shapiro. La recompensa dice mil, vivos o muertos. No soy un cazar recompensas, pero no puedo negar que esa suma me haría sentir realmente cómodo durante bastante tiempo".

"Moriría primero".

Una pequeña sonrisa se deslizó por la boca de Cole. Asintió con la cabeza hacia la mano de Shapiro que colgaba junto a su pistola enfundada. "Parece que has estado practicando un poco".

"Destruiste mi mano derecha lo suficientemente cierto, pero he tenido años para aprender a hacerlo igual de bien con la izquierda. Lo descubrirás muy pronto".

"A tu aviso".

Shapiro inició la acción, arrojándose a su derecha, golpeando el suelo vuelto un rollo cuando su arma se alzó en su mano izquierda, la pistola echando humo. Detrás de él, sus hombres también fueron por sus propias armas y cuando Cole se desvió, Roose abrió, golpeando a dos de los hombres con la escopeta, enviándolos gritando al suelo. Abanicando su arma mientras las balas llenaban el aire, Cole hizo dos más. Llegó al entarimado y se agachó detrás de un grupo de barriles apilados junto a la tienda de mercancías. Sacó su segunda pistola y lanzó disparos espaciados uniformemente hacia la pandilla mientras ellos buscaban a tientas, disparando salvajemente. Uno cayó, golpeó en el pecho, y Roose se unió, la escopeta descartada, ambas manos con sus revólveres Remington.

Mientras tanto, entre todo el humo y el ruido, Shapiro cruzó la calle a toda velocidad, haciendo señas como un loco para que llegara el hombre que sostenía los caballos.

Desde su cubierta, Cole lo vio todo. El sostenedor de los caballos estaba ahora montando, una hilera de caballos detrás de él. Shapiro se subió a la silla y disparó dos o tres tiros en dirección a Cole, todos los cuales se desviaron irremediablemente. Ignorándolos, Cole saltó hacia adelante y disparó a dos pandilleros más, tirándolos en montones de sangre. Sin una pausa, barrió a uno de los Winchester caídos de la pandilla. Cuando se lo acercó a los ojos, miró profundamente el rostro de Shapiro, esa irritante sonrisa en el rostro del hombre. Junto a él, Roose estaba en el suelo, agarrándose la pierna. Esto no estaba bien. Había otros todavía de pie.

Un fuerte grito de Shapiro hizo que Cole entrara en acción y se dio la vuelta, moviendo el Winchester frenéticamente, vaciando el rifle sobre los miembros de la pandilla que aún estaban de pie.

Una bala pasó zumbando y cayó al suelo, sacando su última arma cargada pero sabiendo que el alcance era demasiado grande. Sin embargo, disparó mientras Shapiro luchaba por controlar a su caballo. No estaba ganando, el caballo en un loco frenesí, asustado por la proximidad de tantas balas. El hombre a su lado estaba mejor y mientras pateaba a su caballo al galope, Shapiro rugió su frustración.

Desde su posición, Cole tenía una visión clara de la situación. Sabía que debía tomar otro Winchester y derribar a Shapiro.

Como resultaron las cosas, no lo necesitó.

Desde el estrecho espacio entre dos edificios, el viejo Sheriff Perdew salió, la escopeta temblaba en manos que eran demasiado viejas o dos débiles para sostenerla. O quizás era el miedo. Lo que sea, se las arregló para levantar el arma y vació ambos cañones en el cuerpo de Shapiro, lanzando al jefe de la pandilla de lado a través de su caballo. Parte de la propagación golpeó al animal, no fatalmente, pero lo suficiente como para enviar una carga incontrolable. Shapiro, con un pie atrapado en el estribo, siguió con él, su cuerpo se tambaleó y rebotó por la calle para desaparecer en la distancia.

Cole lo miró horrorizado. A su alrededor había hombres que gemían y sangraban, uno de los cuales era Roose, que se sostenía de la pierna mientras la sangre le corría por los dedos. Desesperadamente, sin siquiera darse tiempo para levantarse, Cole rodó hacia su amigo y lo abrazó con fuerza.

"Oh, Dios mío", dijo.

"Estoy bien", dijo Roose, con el rostro pálido de dolor. Ayúdame haciendo un amarre con mi corbata, detén la hemorragia tanto como puedas y luego llama al médico. Pero date prisa, Cole, date prisa".

Estaba mal, así de cerca, Cole podía ver lo mal que estaba. Su estómago se volvió papilla y dio un vuelco. Se dio la vuelta y le gritó a Perdew que fuera a buscar al médico, luego le arrancó la corbata a Roose y le aplicó el torniquete. Lo apretó tan fuerte como se atrevió, y el flujo de sangre disminuyó. Un pequeño destello de esperanza recorrió el cuerpo de Cole, pero el tono grisáceo del rostro de su amigo significaba que el miedo permanecía. Todo lo que podía hacer ahora era esperar. Y rezar.

Algo como una roca del tamaño de cualquier cosa encontrada en las Montañas Rocosas presiona su pecho y ya no posee la fuerza para levantarla. En cambio, Shapiro se acuesta en el suelo, obligándose a respirar, cada inhalación y exhalación que la acompaña aumenta el dolor.

Algo bloquea el sol. Una sombra, una figura, no sabe cuál. El dolor es su mundo ahora. Nada más existe.

"Está en una mala situación, jefe", dice una voz. Suena muy lejana, pero es muy claro. "No creo que vaya a durar la próxima hora. Ese viejo ya hizo que pagara sus deudas al Señor".

Shapiro quiere hablar, pero no puede expresar nada con la garganta tan seca que se ha cerrado por completo. En cambio, gime, queriendo decirle a este hombre, que cree que es uno de su pandilla, un hombre llamado Tweedy, que se lo lleve, lo entierre, lo queme, cualquier cosa que impida que Cole reclame la recompensa. La ignominia final.

"Yo", dice Tweedy, mirando hacia la ciudad, "voy a acabar contigo ahora, jefe. Acaba con el dolor. Entonces reclamaré la recompensa. Nadie me reconocerá cuando te traiga y les diga que te encontré en la llanura. Me vas a hacer rico, jefe. Eso es todo lo que has hecho por mí, pésimo pedazo de estiércol de caballo". Él sonríe y saca su arma, envuelve su sombrero alrededor del cañón y lo presiona contra la cabeza de Shapiro.

Shapiro quiere moverse, retorcerse, sacar su propia pistola, pero no hay nada que pueda hacer porque no queda nada, salvo la oscuridad que se lo traga por completo.

CAPÍTULO TREINTA Y UNO

El Diario de Nolan

Me lleva mucho tiempo arrastrarme hasta la entrada de la antigua mina. En el interior, hace frío, pero no tanto como en el exterior. Encuentro una manta raída y me envuelvo con ella y trato de encontrar un ligero vestigio de sueño.

Me despierto con un sobresalto. Sin idea del tiempo, me apresuro a buscar un par de pantalones de trabajo viejos, me los pongo, y salgo. El sol cegador. Un nuevo día. Sobre el lugar donde me ataron a ese árbol, está el cuerpo del hombre que maté y, a unos diez pasos más allá, tres buitres de aspecto escuálido, con los ojos fijos en los tallos. Acaban de empezar a desgarrar el cadáver y me miran con verdadero odio por perturbar su desayuno.

Ignorándolos, me las arreglo para recoger mi propia ropa y ponérmela, jadeando cuando el dolor atraviesa mi espalda. Siento como si mi espalda fuera una sola herida abierta, carne desgarrada por un pedazo gigante de papel de lija de carpintero. Es difícil para mí pasar los brazos por las mangas de la camisa, peor aún a través de un abrigo grueso, algunas de las costras de las heridas se abren, sangre nueva goteando. Si alguna vez me encuentro con Shapiro de nuevo, me tomaré mucho tiempo para que pague.

El arma del muerto está donde la dejé caer. Me pongo afanosamente el cinturón de la pistola alrededor de la cintura, reviso el cilindro y coloco cartuchos nuevos para reemplazar los usados.

Mi plan es simple: ir al rancho de Cole, explicarle a Julia lo que tenía que hacer, de alguna manera persuadirla de que nada se interpone en nuestro camino y llegar a México para una nueva vida. Había trabajado con la idea de confundir a todo el mundo e ir hacia el norte, a través de Oregón y tal vez a Canadá. Vería cuál es la opinión de Julia al respecto. Pero donde sea que terminemos, ahora sé que allí es donde estará mi futuro. Me dijo que Cole le proporcionó una casa, un techo, un lugar para descansar, pero no mucho más. Ella había perdido mucho en su vida y yo estaba aquí para darle un sentido de razón a todo. Un nuevo comienzo. Quizás un niño, incluso niños.

Después de encontrar algunas galletas de maíz rancias para masticar, empaqué mi caballo y salí. Cada paso enviaba un tornado de agonía a través de mi espalda. Sabía que si no lavaba y trataba las laceraciones, se infectarían. Quizás Julia ayudaría. Ella me ayudó con mucho más.

Hice un buen paso, a pesar del dolor. Algunas ráfagas de nieve lamieron alrededor de mi cara y disfruté la forma en que mi piel se enfría con su toque. Un pequeño rasguño de preocupación se hizo sentir. Quizás mi carne caliente fue el primer signo de fiebre. Entonces, bajé la cabeza y pateé a mi caballo al galope, haciendo todo lo posible para aclarar mi mente de tales visiones de pesadilla.

Unas horas después, freno a mi caballo y miro hacia el rancho. Todo parece estar bien, salvo por algunos buitres más que vuelan por encima. Lo atribuyo al olor fétido que emanaba de mis heridas. Deben estar infectadas, razono.

Acercándome a la pequeña cabaña, veo cuál es la verdadera razón y me detengo con fuerza.

Hay un cuerpo. Está negro e hinchado y los pájaros se lo están comiendo. Me bajo de mi caballo y saco mi pistola. No hay otro sonido salvo el de los pájaros que se pelean entre sí por los mejores bocados.

Miro a medias el carruaje de Julia. El poni no está ahí pero eso no me preocupa. Debió haberlo llevado al granero cercano debido a la gélida noche. El pensamiento me recuerda cuán baja ha caído la temperatura, incluso durante las horas del día, y me pongo mi abrigo a mi alrededor y me dirijo hacia la puerta.

El olor golpea la parte posterior de mi garganta y siento náuseas. Reconozco ese olor. Es inconfundible pero me obligo a seguir adelante. No hay nada en la pequeña sala del frente, no hay evidencia de ningún disturbio o algo inusual. Me dirijo a la puerta que conduce al dormitorio, la habitación donde nos habíamos descubierto y me detengo y miro con incredulidad, mi mundo sumido en un lugar espantoso, lleno de dolor, angustia y desesperación.

Está acostada en la cama, con una manta sobre el cuerpo, los brazos como palos de madera blanqueados sobre la parte superior, la carne de su rostro de un espantoso color verde pálido.

Julia. Muerta.

Caigo de rodillas y las lágrimas me caen por las mejillas. No puedo retenerlas. Ella se ha ido y no sé cómo. Por muchos momentos, tal vez horas, me quedo así, sin atreverme a creer que todo lo que quise, todo lo que siempre quise se ha ido.

Reuniendo el valor, me acerco a ella y tomo una de esas manos, la llevo a mis labios y la beso. Ella es tan fría. Más frío que cualquier cosa que haya soportado durante mi viaje o la terrible noche en la mina. Esta es una frialdad más allá de lo viviente, algo que uno nunca desea experimentar. Su rostro, hundido pero aun conservando esa cruda belleza natural que tanto amaba, parece apacible. Me siento en el borde de la cama, su mano en la mía, y lloro de nuevo.

Con el tiempo, la miro más profundamente. Hay un agujero en su cuello, negro, andrajoso. Un agujero de bala, pero que alguien ha limpiado. ¿Por qué alguien la asesinaría y luego la acostaría en la cama con tanta reverencia? No tiene sentido para mí y cuanto más lo pienso, más simplemente no me importa.

Como en un sueño, dejo ese lugar espantoso. Me despido de ella con un simple beso en la frente. Haciendo caso omiso del frío de la nieve que ahora cae mucho más fuerte, entro en el granero. Allí, efectivamente, está el poni, junto con los otros caballos. Actuando automáticamente, sin pensarlo conscientemente, los llevo a todos al pequeño potrero, cierro la puerta y los observo correr y correr. Debería darles de comer, me digo a mí mismo, pero esa tarea puede esperar a que la haga otra persona. En cambio, lo que necesito hacer ahora no puede.

En el granero encuentro una cuerda. No me toma mucho tiempo hacer una soga. Mis años de trabajo en varios ranchos me han enseñado bien. Ya no me importa quien haya acabado con mi vida, o por qué. Todo lo que sé es que Julia se ha ido y, con su fallecimiento, también se han ido todas las razones para continuar. Para nunca volver.

Me he tomado el tiempo de escribir estas últimas palabras con la esperanza de que quien lea este miserable diario al menos entienda lo que he hecho. He cometido errores y tengo tantos arrepentimientos, pero mi vida se ha secado ahora. Sin Julia, no hay nada. Solo este adiós final.

CAPÍTULO TREINTA Y DOS

El Final de Eso

Cole está en la entrada. Se había preguntado cómo habían sido llevados los caballos al potrero y ahora sabe.

El cuerpo se balancea como un péndulo, la cuerda cruje con el peso y recuerda la forma en que el cuerpo del Capitán Fleming se movía de la misma manera. Ningún sentimiento vaga a través de él. Ahora tiene frío. Tan frío como el invierno.

Después de que el médico le hizo las curas a Roose, el viejo amigo de Cole insistió en ir al rancho, así que Cole pidió prestado el carruaje del Doc y aquí están. Ambos, mirando. Cole le había mostrado Roose el cuerpo de Julia y éste había llorado como un bebé. Cole nunca conoció la profundidad de los sentimientos de su viejo amigo. Otra razón para retirarse de este mundo.

"¿Lo vas a bajar?"

Cole miró de reojo a su viejo amigo. "Preferiría que se quedara allí y se pudriera".

"Sí, pero sabes que no puedes hacer eso".

"Creo que no".

El silencio se extendió entre ellos. Ninguno se movió. Roose se tambaleó, su pierna herida estaba vendada y alguien, tal vez el médico, le había dado un bastón en el que se apoyaba. Algo en el suelo, un cuaderno delgado, la punta de un lápiz al lado, llama su atención. "¿Qué es eso?"

Cole lo recogió y lo hojeó. "Está escrito a mano. Un diario tal vez". Mira hacia Nolan. "Debe haberlo escrito él".

“¿Quizá sea una confesión?”

“Podría ser”.

Ambos miran fijamente el cuerpo que cuelga allí hasta que, por fin, dijo Roose. "Entonces, ¿lo vas a bajar?"

Lanzando un largo suspiro, los hombros de Cole se desploman. "Tenemos que enterrar a Julia primero".

"¿Aquí, en el rancho?"

Cole asiente.

Más de una hora después se paran ante la tumba, una simple cruz marca el lugar. Roose ha dicho algunas palabras, pero ambos saben que nunca habrá suficientes palabras.

“Olvidaremos este dolor con el tiempo”, dice Roose, volviendo a ponerse el sombrero, pero debido a que solo tiene un brazo libre para hacerlo debido al bastón en el que se apoya, no lo logra. Acercándose, Cole ayuda a su viejo amigo.

"Un día", dice Cole.

"Si. Un día". Levanta la cabeza y mira hacia el a lo largo del campo. "Me postularé para sheriff. Mis días de exploración han terminado, Cole. Necesito asentarme, hacer un trabajo que valga la pena".

"Creo que es una buena idea, Sterling". Otro suspiro. Tan pesado esta vez, y traqueteando, como si apenas pudiera mantenerse bajo control. "Yo también, en cierto modo. Me retiro, Sterling. No más ejército para mí. Ha habido demasiados asesinatos y estoy enfermo de eso hasta el estómago".

Roose asiente. Él comprende muy bien cuánto los han cambiado a ambos estos acontecimientos recientes. "¿Qué harás con el rancho, después de...?" Se derrumba de nuevo, golpeando con el dedo y el pulgar en los ojos mientras hace todo lo posible por controlar el dolor que lo consume.

Cole coloca su brazo alrededor de su amigo y mira la cruz que lleva el nombre de Julia. La inscripción: "Nuestro verdadero amor, se fue pero sigue aquí".

"Estoy vendiendo y me mudo a la casa de papá. Está enfermo, necesita que lo cuiden. Además, hay más tierra allí para el ganado que tenemos".

Aspirando ruidosamente, Roose se pasa el dorso de la mano libre por la nariz. "Cole, ¿no estás pensando en hacer algo estúpido mientras deambulas por esa casa grande y vieja? No quiero que hagas lo que hizo Nolan".

El rostro de Cole se convierte en algo parecido a una sonrisa. Se vuelve y mira a lo lejos. Los pájaros se ciernen sobre el lugar donde los dos ex exploradores arrojaron el cadáver de Nolan. Ninguno de los dos sintió que pudieran enterrarlo, por lo que los buitres han vuelto a festejar. "Siempre he hecho cosas estúpidas, Sterling. Pero ya no más. He terminado".

Juntos miran en silencio la tumba de Julia. En poco tiempo, el sol se pone bajo el horizonte y el aire se vuelve más frío que nunca, pero aún se paran y miran.

Fin

Querido lector,

Esperamos que hayas disfrutado leyendo *Días Duros*. Tómese un momento para dejar una reseña, incluso si es breve. Tu opinión es importante para nosotros.

Atentamente,

Stuart G. Yates y el equipo de Next Charter

También podría gustarte:
Nadie se Puede Esconder por Stuart G. Yates

Días Duros
ISBN: 978-4-86751-685-0

Publicado por
Next Chapter
1-60-20 Minami-Otsuka
170-0005 Toshima-Ku, Tokyo
+818035793528

6 Julio 2021

www.ingramcontent.com/pod-product-compliance
Lightning Source LLC
LaVergne TN
LVHW091430190726
843491LV00006B/1675

* 9 7 8 4 8 6 7 5 1 6 8 5 0 *